프리지어꽃
될 때면

프리지어꽃 필 때면

초판발행일 | 2022년 11월 11일

지은이 | 최정옥
펴낸곳 | 도서출판 황금알
펴낸이 | 金永馥

주간 | 김영탁
편집실장 | 조경숙
인쇄제작 | 칼라박스
주소 | 03088 서울시 종로구 이화장2길 29-3, 104호(동숭동)
전화 | 02) 2275-9171
팩스 | 02) 2275-9172
이메일 | tibet21@hanmail.net
홈페이지 | http://goldegg21.com
출판등록 | 2003년 03월 26일 (제300-2003-230호)

값은 뒤표지에 있습니다.

ISBN 979-11-6815-037-9-03810

사색의 샘에서 길어 올린 감성언어

프리지어꽃 필 때면

최정옥 수필집

황금알

미지의 세계로 가는 길

최 정 옥

돌이켜 생각하니 적지 않은 세월을 살아왔다. 그동안 겪어왔던 사건과 여행지에서의 감정을 글로 풀어내고 싶었다. 혼자의 생각이지만 글을 써서 책으로 엮어 보고 싶었다. 내가 쓴 글을 세상에 펼친다는 것은 새색시가 시집갈 때처럼 떨리고 두려웠다.

어릴 때 한글을 익힌 뒤부터는 읽는 것을 좋아해서 늘 책을 가까이하게 되었다. 글읽기의 기쁨도 잠시뿐 초등학교 저학년 시절 한국 전쟁을 겪었다. 전쟁 중에는 모든 물자가 부족했다. 특히 식량이 부족하여 늘 허기진 상태로 살아야 했다. 그 어려운 시절에도 돈이 생기면 책을 빌려다 읽었다. 배고픔보다도 읽을 책이 없는 것이 더 허전했다. 당시에는 책을 읽는 것만이 내가 할 수 있는 일과라고 생각했다. 아버지께서는 동생들을 돌보지 않고 책에 빠져있다고 몹시 꾸중하신 기억이 있다. 남의 집 서가(書架)에 빽빽이 꽂혀 있는 책을 보고 몹시 부러웠던 시절이었다.

요즘 어린이들은 책을 가까이하려고 하지 않는다. 젊은이에게 꿈이 뭐냐고 물어보면 그런 것 없다고 대답하기도 한다. 하고 싶은 것도 없다고 말한다. 그 이유는 책을 읽지 않아서일 것이다. 책을 읽음으로 꿈을 키우고 장래 희망을 품게 되어 도전하는 힘이 길러지는 것인데, 꿈이 없는 현세대를 보면서 가슴이 아려온다.

집안의 가족 한 분이 십오 년을 병석에 있어 힘들 때가 있었다. 하나님께서 나를 담금질하는 시기로 생각했다. 간병하는 일이 어렵고 힘들었지만 시간이 지나면 해결되리라 생각하면서 견뎌 냈다. 먼저 교만을 버리는 삶을 택했다. 모든 것을 수용하고 내가 죄인임을 자백하는 겸손을 배우게 되었다. 언제부터인가 상대를 배려하는 여유가 생기더니 사회에 봉사하고 싶은 마음도 생겼다.

어느 날 문득 글을 써보고 싶다는 생각이 들었다. 시작이 반이라고 늦었을 때는 없는 법, 출발점이 적당한 시기라는 말로 위로를 받고 싶었다. 글을 쓰는 작업은 항상 새로운 길을 가는 것과 같다. 가보지 않은 길은 두려움이 앞선다. 미지의 세계로 가는 이 길은 남극 탐험이나 에베레스트를 정복하는 것과 흡사하지 않을까. 그러나 그것은 가고 싶어서 스스로 가는 길이다. 생사의 갈림길에 맞서야 하는 위험이 따르는데 그 일을 사랑하지 않으면, 즐거움이 없으면 누가 권해도 가지 않는다.

어려서부터 글을 좋아했던 마음으로 어려운 시절에도 책을 놓지 않았던 고집으로 배고픔보다도 읽을 책이 없는 것이 더 허했던 한결같은 마음은 이제까지 나를 지켜왔고 지금에서야 글을 쓰고 있다.

가슴에서부터 우러나온 감정이 흘러넘쳐야 글이 된다. 너무 늦게 시작했지만 남보다 부지런히 가슴에 품은 이야기들을 고스란히 원고지에 담아내는 데 매진하련다. 수필은 논픽션을 좋아하는 내게 맞는 장르다. 세상의 모든 사물을 다 사랑하고 싶다. 어떤 상황이나 사건을 긍정적으로 받아들이는 나이가 되었다. 아낌없이 주는 삶이고 싶은데 그렇지 못했다. 앞으로는 기버(giver)가 되도록 노력하련다.

여행기에서는 그곳에서 보고 느낀 것을 진솔하게 전달하려 했고, 사건을 보고 느끼는 것 또한 아름답게 표현하려 노력했다. 아직은 걸음마에 지나지 않는 글이다. 내 마음을 세상에 펼쳐 보인다는 것이 두렵기도 하고 부끄럽기도 하지만 한 편 작은 기쁨이기도 하다. 나의 벅찬 환희가 독자에게도 고스란히 전해졌으면 더 바랄 것이 없겠다.

미숙한 글을 읽고 책으로 펴내시겠다는 황금알 출판사 관계자 여러분에게 깊은 감사의 말씀을 드린다. 함께 글쓰기를 공부한 문우 여러분, 늘 곁에서 용기와 응원을 아끼지 않은 우리 가족에게도 고마운 마음을 전한다.

차 례

1. 어느 멋진 날

2. 아버지의 선물

3. 끝은 새로운 시작

4. 꿈속의 고향

1. 어느 멋진 날

민둥발가락

금요일 저녁에 조그만 사고가 있었다. 하루 일과를 끝내고 거실에서 침실로 가려는데 탁자 모서리에 걸려 넘어졌다. 왼발에 충격이 있었다 싶었는데 새끼발가락에 감각이 없었다. 절뚝거리며 방으로 향했다. 발자국마다 피가 묻어났다. 발톱이 거의 잘려나가서 끝에만 조금 붙어 건들거렸다. 우선 응급조치로 상처 부위를 꽉 눌렀다. 좀 지나고 나니 지혈은 됐는데 통증이 심했다. 순식간에 생긴 일이라 마음을 진정시키고 선잠을 잤다.

이튿날 병원에 가서 치료를 받았다. 건들거리는 발톱을 전부 자르는데 얼마나 고통스러웠던지 창피를 무릅쓰고 소리를 질렀다. 신체 중에서 제일 끝에 있는 하찮것없는 부위라고 여겼는데 상상을 초월하도록 심하게 아팠다. 고통을 호소하면서 불평을 했더니 의사 선생님이 "몸에서 가장 예민한 곳이라서 죄인을 고문할 때 발톱을 뽑아 고통을 주어 죄를 자백하게 했어요." 발걸음 한번 잘못 디딘 탓에 죄인이 받는 벌을 받아본 기분은 씁쓸하기만 했다.

일주일 동안 의자에 앉아서 샤워를 하려니 불편하기 그지없었다. 물이 닿으면 염증이 생기니 살이 굳어질 때까지는 조심해야 한다고 했다.

갑자기 생긴 일이라 당황스러워서 가늠할 수가 없었다. 주말에 예정했던 일들이 어그러진 것도 마음이 아팠다. 살다 보면 뜻하지 않은 일이 생기는 경우가 허다하다. 예고 없이 오는 좋은 소식도 있지만 뜻밖에 불행한 일도 당하는 것이 세상 이치다. 일주일 동안 치료를 받았다. 하루하루 상처는 아물고 좋아지는 데 몽땅 없어진 발톱이 문제였다.

발톱이란 무엇인가? 그것은 피부에 단단하게 붙어 발가락을 보호한다. 특별한 기능이 없어 보이지만 몸의 균형을 바로잡고 체중을 견딜 수 있게 하며 앞으로 전진할 수 있는 힘을 받기도 한다. 새로운 발톱이 자라나는데 수개월이 소요된다. 발톱은 일 개월에 일 밀리미터 정도 자라기 때문에 다시 완전히 재생되려면 팔 개월에서 일 년 정도 걸린다.

빠진 발톱의 발가락이 편하지가 않다. 그것이 있던 자리 주위에 바람이 들락날락 시리고 설어서 신경이 쓰인다. 아니 이 허전함은 또 뭘까? 덧버선을 신으면 좀 편해질까, 부드러운 헝겊으로 감싸게 되니까.

발가락 하면 떠오르는 사람이 있다. 나와 열 살 차이 나는 오라버니 이야기다. 그분은 왼발 네 번째 발가락이 발톱 없이 길이가 반으로 짧다. 걷는 데 전혀 지장이 없었지만 맨발이면 눈에 띄었다. 그래서 왜 그러냐고 물어보면 "글쎄 벌레가 물어뜯어 갔나?" 대답을 농담처럼 하면서 즉답을 피하곤 하였다.

내가 손을 다쳐서 한가하게 쉬는 날 어머니께 오빠 발가락에 대해서 말했다. 어렸을 때 발가락에 상처가 났는데 병원에 간다고 하니까 어르신들이 그깟 상처에 병원이 웬일이냐고 야단치셔서 된장을 바르고 싸매주었다고 하셨다. 며칠이 지나고 나니 발가락의 반이 떨어져 나가고 말았다. 그래서 발톱 없는 반만 남은 발가락이 되었다고 하시면서 눈물을 흘리셨다. 어머님은 떨어진 반 토막 발가락을 화단 한쪽에 묻으면서 자식의 신체 일부분인데 하는 생각에 아주 서러웠다고 하셨다. 그러면서 붕대 감은 내 손을 살며시 쓰다듬어 주셨다. 세상 모든 어머니는 자식들의 몸 어디라도 다칠세라 노심초사하신다.

결혼 2년쯤 된 손녀가 임산부가 됐다. 그동안 직장 다니면서 입덧하느라 엄청나게 고생하더니 초음파 사진을 인터넷으로 보내왔다. 어린아이가 어미 배 속에 앉아있는 뒷모습, 옆모습이 영상으로 뚜렷하게 보였다. 고집이 센지 움직이지 않아 앞모습을 볼 수 없어서 아직 성별을 모른다. 아기 모습엔 머리가 제일 크다. 잔뜩 웅크린 몸에 팔, 다리, 손발, 어느 것 하나 소홀함이 없이 완전하다. 신기하다. 성스러운 자태가 사랑스럽다. 감탄이 저절로 나온다. 태반 속의 아기를 미리 볼 수 있는 밝고 좋은 세상에 살고 있음에 감사한다. 태아의 모습을 보면서 어머니의 위대함을 새삼 느끼게 된다.

자녀를 원해도 갖지 못하는 사람이 있다. 이 시대는 불임 여성이 많은 편이다. 주위에서 보면 시험관을 했다는 이야기를 흔히 들을 수 있다. 반면에 자연히 생겨서 원 없이 자식을 두게 되는 사람이 있는 것을 보면 생명의 탄생은 신의 영역이라 할 수 있다. 신과 인간의 멋진 조합이다.

어머니는 위대하다. 그래서 우리 몸은 참으로 귀중하다. 신체의 한 부분인 발을 함부로 간수하여 발톱이 잘려나가는 고통을 맛보았다. 그것이 어떻게 고통이라 할 수 있는가? 어머니가 자손을 잉태하는 것에 비하면 신에게 죄를 짓고 어머님께 불효를 저질렀음을 생각하니 새삼 미안하고 죄송할 뿐이다.

발가락에 발톱이 없는 것은 머리칼 없는 민머리와 유사하다. 나무가 없는 산은 민둥산이라 한다. 민머리와 민둥산은 볼품이 없다. 발가락에 발톱이 없으니 민둥발가락이다. 보기 흉하다. 발이 시리고 설다. 양말 신기도 불편하다. 몸이란 부모님으로부터 받은 것이므로 소중히 여겨야 한다 '신체발부수지부모(身體髮膚受之父母)'라고 하지 않든가.

골절되었던 뼈는 더 단단해지는 습성이 있다. 잘려서 없어졌던 발톱도 야무진 발톱으로 차오를 것이다. 새로 돋아날 새끼발톱의 성장을 기대하면서 항상 몸을 조심해야 한다는 경각심을 가지고 살아가리라.

붕대를 감은 내 손을 따뜻이 감싸주시던 어머님이 그립다. 단 일 분만이라도 어머님 손의 온기를 느끼고 싶다.

봄비

3월은 봄이다. 가늘게 내리는 봄비를 맞으며 매화가 제일 먼저 꿈처럼 피어올랐다. 하얀 목련 꽃이 무리 지어 피었다. 산수유, 살구꽃도 예쁜 자태를 드러냈다. 봄비를 맞으며 식물들이 활발하게 움직이기 시작했다. 봄에 내리고 있는 비는 봄소식을 전하는 반가운 손님이다. 봄비가 내릴 때마다 산천초목은 생기가 돈다. 그리고 봄비가 내리면 초목이 점점 짙어진다. 앙상했던 나무들은 잎이 풍성해지면서 주위를 연두색으로 꽉 채운다.

그녀는 봄비처럼 살며시 다가온 손님이다. 가뭄에 메말랐던 대지를 적셔주는 반가운 봄비 같다. 우리 집에 15년 만에 찾아온 아기다. 귀엽고 앙증맞다. 향기가 좋고 촉감도 부드럽고 따스하다. 방긋거리는 웃음과 미소는 환상적이다. 둥근 얼굴에 커다랗고 동그란 눈, 작은 코, 입, 덜 발달된 턱 하며 아직은 어린 티가 흐른다. 균형 잡히지 않은 몸이라 머리가 제일 크게 보인다. 그녀의 매력은 환하게 웃는 모습에 있다. 보는 이로 하여금 저절로 미소를 짓게 한다.

누워만 있더니 어느새 뒤집기를 하고 이제는 항상 엎드려 지낸다. 엎드린 채 턱을 괴고 정면을 보고 있으면 의젓하다. 아빠 옆에서 잠잘 때 보면 아빠와 닮았고 엄마와 나란히 누워있는 걸 보면 제 어미를 쏙 **빼닮았다.** 그녀는 봄비에 젖은 화초같이 싱싱하다. 장난감을 주면 밋밋한 것은 별로이고 원숭이, 강아지, 나비같이 곡선으로 패인 목각 인형을 좋아한다. 아기자기한 물건을 좋아하는 개성 강한 특성을 보여주어 대견스럽다. 앞날이 좋을 것이란 상상도 해본다.

이유식을 먹이려고 의자에 앉히면 호기심이 가득한 눈빛과 표정이다. 작은 수저로 떠먹이면 이상한 표정을 짓다가 입맛을 다시면서 환하게 웃는다. 때로는 낯선 사람을 보면 입을 삐죽거리면서 서럽게 운다. 낯가림도 꽤 하는 편이다. 이런 증손녀 라온이는 봄비 같은 존재다. 그녀를 떠올리면 봄비를 맞으며 걷는 기분이어서 가슴이 촉촉이 젖어오며 힘이 솟는다.

봄에는 비가 오지 않고 가물면 공기가 건조해져서 바이러스가 성행하여 우리 몸을 침범할 수 있는 확률이 높다. 자연생태계는 습기가 적당히 있어야 좋은 환경이다. 사람도 환절기에 병마가 침범하는 수가 대부분이다. 생명이 있는 자연과 동식물도 사람과 무엇이 다르랴.

봄을 맞이하는 환절기에는 자연생태계도 불안하다. 지난가을 낙엽이 쌓여 산을 뒤덮고 있는데 겨울 동안 바싹 말랐다. 그 마른 낙엽이 건조해지면 여러 가지 이유로 산불이 날 수 있다. 대형 산불이 나서 며칠 동안 계속 타게 되는데 소방관들이 불을 끈다고 하지만 힘이 든다. 수수방관할 수밖에 없다. 비가 오면 불은 저절로 꺼진다. 중요한 것은 사람이 할 수 없는 영역 밖의 일을 자연으로 내리는 비가 해결해 주는 것이다. 이 얼마나 고마운 일인가.

나무는 심어 놓고 몇 년을 기다려야 제구실을 한다. 거목이 되는 데에는 몇십 년이 소요되지만, 산불이 나면 삽시간에 타 없어져서 안타깝고 애석하다. 몇 년마다 주기적으로 이런 대형 산불이 나는데 막을 방법을 찾아야 한다.

우리나라의 산에는 대부분 소나무가 주류를 이룬다. 소나무는 특히 불에 약하다. 불에 잘 안 타는 강한 나무를 심는 것도 산불 예방의 한 방법이 될 수 있다. 올해 3월 4일 강원도 강릉 산불은 방화범이 일으킨 인재로 보고 있지만 그 후유증은 대단하다. 일주일째 계속 타고 있으니 그 손해는 이루 헤아릴 수 없으며 많은 사람들이 집과 가산을 잃고 고통스러워하고 있다. 봄에는 바람이 심하게 분다. 바람이 산불을 부추기는 형상이다.

산불감시단과 방화자 검거 전담팀을 꾸리고 예방 진화에 총력을 기울이지만 산불을 철저하게 막을 수는 없나 보다. 몇 년마다 대형 산불이 나서 민둥산이 된다. 산에 나무가 없으면 보기 흉한 것도 있지만 장마 때 홍수 피해를 막을 수 없다. 국가적 손실이 크다. 결국 비가 내려서 산불이 꺼졌다.

나무는 지구 온난화를 막아주고, 오염된 공기를 정화해 준다. 자연재해를 막아주는 나무를 아끼고 잘 가꾸어야 한다. 그리고 식목일에 나무 심는 일도 잊지 말아야 한다.

사월에 내리는 비는 꽃비다. 비 오는 오후에는 잠시나마 마음의 여유를 갖는다. 봄비는 대지를 적시고 내 가슴에도 내린다. 소리 없이 내리는 봄비를 맞으며 꽃이 피어난다. 봄비에 젖은 꽃잎들이 흩날린다. 활짝 핀 벚꽃은 눈부시게 아름답다. 그 위에 비가 내리면 꽃잎이 모두 흩어져 낙화가 된다. 그때의 봄비는 심술쟁이 오빠처럼 보인다. 내 어릴 때 고무줄놀이를 할 때면 고무줄을 끊어놓고 도망가던 얄미운 오빠가 생각난다.

봄비는 무한정 많이 내리지 않는다. 절제할 줄 알아서 적당히 내리고 그친다. 장맛비처럼 무한정 내려서 가산을 망치게 하는 일은 없다. 들고 나는 것이 적당하여 가슴을 포근히 적셔주는 아름다운 봄비여! 그대는 버들가지 사이로 왔다가 벚꽃 날리며 어디로 가는가. 우리 아기 같은 싱그럽고 고마운 봄비여.

어느 멋진 날

그날은 대통령 선거일이었다. 아침 일찍 서둘러서 일곱 시에 투표를 마칠 수 있었다. 그 시간이 한가해서 편리하기도 했지만, 남편을 투표에 참가시키려는 마음이 있었기 때문이었다. 지난번 단체장 선거가 있던 날은 남편의 휠체어를 밀고 투표하러 갔다. 기표하려는데 참관인이 다가와 남편이 장애인이라고 무시하는 태도를 보이며 비밀투표를 못 하게 하는 불손한 행동에 마음이 상했다. 또다시 그렇게 부당하게 나오면 당당하게 대항하리라. 날씨는 춥지 않아서 외출에 별 지장이 없을 것 같았다.

선거 유세전은 불꽃 튀는 대접전이라 볼만했다. 두 당이 연합해서 당선된 대통령 후보가 있었다. 후보 경선에서 낙선한 당 대표는 당선된 대표를 지원해 주기로 약속했다. 그래서 같이 유세를 다녔는데 뜻이 맞지 않아 갈라서면서 '지원 철회'라는 기상천외한 일까지 있었던 보기 드문 선거전이었다. 정책과 노선이 다른 당끼리 합쳐서 한 사람의 후보를 낸 것은 야합이 아니었을까? 그렇다면 정상이 아니니 지원을 중지한 것은 당연지사다.

남편은 서울특별시 직원으로 35년을 근속했다. 퇴직할 때에는 표창장과 국가유공자 증서를 받았다. 1961년부터 근무했으니까 대한민국 격동기를 다 겪은 셈이다. 식목일 산에 나무 심는 행사는 꼭 참석하였다. 그때 벌거숭이였던 산이 지금 푸른 것을 보면 매년 열심히 나무 심던 남편의 모습이 거목 사이로 설핏 스쳐 가는 듯했다.

금강산 여행을 갔을 때 본 북한 쪽 산은 나무가 많지 않아서 볼품이 없었다. 남쪽 우리나라 산과 비교되면서 심란하고 우울했다.

'아! 저 산에 나무를 심으려면 많은 인고의 세월이 필요할 텐데….'

토요일이면 오전 근무를 했던 시절 남편은 보통날과 똑같은 시간에 퇴근하는 것이 예삿일이었다. 숙직은 매달 월례행사였다. 우리 집 아이들은 중고등학교 때 과외공부를 못 했다. 박봉에 시킬 형편이 되지 않아서 엄두를 못 냈다. 게다가 자녀를 과외 시키는 아버지가 공직자이면 강제 퇴직시킨다는 나라의 지시가 있었기 때문이었다.

아이들이 대학 다닐 때는 운동권은 불순세력이니 조심하라고 누누이 교육을 했다. 그 세력과 휩쓸리면 절대로 안 된다고 하였던 기억이 새롭다. 애국심이 투철하였던 분이기에 대학생들 데모는 국가를 배신하는 행위라는 생각뿐이었지 싶다. 아들들은 성묘 가서 아버지를 회상할 때면 국가관이 투철하고 애국자였던 아버지의 모습을 회자하곤 했다. 그들도 지금은 제 아버지를 닮아가고 있다.

성실하고 강직하며 책임감이 강했던 남편은 자신의 직업에 열심이어서 전혀 스트레스를 받지 않고 지내는 듯했다. 집안 대소사에는 참석 못 하는 것이 다반사였지만 당연한 일로 알았기에 식구 모두는 직업에 충실한 가장을 존경했다.

남편은 평소 지병이 없어서 건강에는 자신만만했었는데 불가사의한 일이 일어났다. 무더운 여름날 월요일이었는데 근무시간이 끝나고 연장 근무하다가 갑자기 뇌출혈로 쓰러졌다. 늘 추위에 약했던 사람인데 왜 더위에 맥없이 쓰러졌는지 수수께끼 같은 일이었다. 직원이 모두 퇴근하고 아무도 없는 사무실이라 이튿날 새벽에야 발견되어서 병원으로 옮겼다. 다행히 목숨을 건진 것도 천운이었다. 쓰러진 지 오랜 시간이 경과된 후의 뇌수술은 회복이 어렵다. 정상 회복이 되지 않은 채 십오 년을 장애인으로 살았다.

그런 연유로 육십 초반에 장애인이 되었다. 그때부터 휠체어를 타야만 외출이 가능했다. 불편한 외출이지만 지금까지 한 번도 투표를 거른 적이 없었다. 투표는 국민의 의무라 꼭 참가해야 한다는 지론을 갖고 있었다. 투표 자체를 은근히 기다리는 모습이 역력했다.

유세가 끝났고 투표도 마감했다. 드디어 개표하는 시간. 새로운 대통령 탄생을 기대했다. 국민의 심판이 어떻게 내려질지 참으로 흥미로웠다. 나도 왠지 가슴이 두근거리며 긴장되었다. 정의가 반드시 이긴다는 세상 이치 앞에 우리는 개표 상황을 지켜봤다.

이번 선거에서 오직 나라를 사랑하고 국민에게 신뢰를 받는 이 시대에 필요한 인물이 선택되리라는 기대를 버리지 않았다.

남편은 이번에도 어김없이 한 표를 행사했다. 나는 자랑스러웠다. 투표소에서 기표하고 나오는 모습을 보니 반가웠다. 손가락으로 V자를 표시해 보였다. 내가 계획했던 선거 날 일정을 무사히 마친 것 같아서 흐뭇했다. 그이의 건강했던 예전 모습이 그리웠지만 그런 것은 생각하지 않기로 했다. 과거란 아무런 도움이 되지 못하기 때문이었다.

'어제는 역사요, 내일은 미스터리, 오늘만이 귀중한 선물이다.'

다만 현재만이 있고 미래는 다가오는 것이기에. 선거일이면 불편한 몸이지만 항상 기권하지 않고 당당하게 투표하는 남편이 자랑스러웠다. 상쾌하고 멋진 날이 지나고 있었다.

다시는 돌아오지 않을 그 멋진 날이 그립기만 하다.

말째다

사람을 포함해서 모든 생물은 태어나 자라고 늙어서 소멸하는 것이 자연의 섭리다. 그동안 나이가 들면서 막연히 '나도 늙어가는구나.' 하고 생각했다.

세월이 흘러 늙으면 몸이 굳고 쇠약해지는 것은 당연하다. 근력이 약해지고 아픈 곳이 있게 마련이다. 특별히 질병이 있는 것은 아닌데도 그렇다.

나는 가끔 그녀를 생각한다. 자칭 행복 전도사라면서 자신의 힘들고 어려웠던 과거를 극복한 성공담을 고백하면서, 이제는 의지의 여성이 되었다고 방송출연을 해서 많은 사람들의 귀감이 되었던 카피라이터이며 작가였던 고 최윤희 씨를 생각한다. 수수한 옷차림에 해박한 지식 구수한 말솜씨 하며 호감이 가는 매력적인 여인이었다. 꿈을 이룬 그녀는 행복해 보였다. 그런데 얼마 안 있어 "칠백 가지 통증에 시달리며 살았습니다. 한 번이라도 앓아본 분은 저의 마음을 조금은 이해해 주시리라 생각합니다."라는 유서를 남기고 남편과 함께 모텔에서 동반 자살했다.

불면의 고통을 겪을 때, 혹은 몸의 어느 한 곳이라도 이상이 생겨 통증으로 시달려 괴로움을 느낄 때면 최윤희 씨의 마음을 이해할 것 같다. 세상 기혼 남녀가 한 번쯤 이혼을 생각하지 않은 사람 없듯이, 고통의 순간 누구나 죽음을 생각해 봤을 것이다.

나는 요사이 '말째다'는 생각을 자주 한다. 이 말은 거북하고 불편하다는 뜻이다. 몸이 예전 같지 않기 때문이다. 어깨부터 시작해서 모두가 시리고 저리다. 몸 전체가 무겁게 느껴진다.

힘차게 빨리 걷지를 못하는 것뿐만 아니라, 조금만 과식을 해도 금방 병이 되고 만다. 그냥 불편한 것이라기보다는 내 몸을 다루기에 까다롭다. 그래서 말째다는 어휘가 어울린다.

아침을 맞이하면 피로가 풀리고 생기가 돌아서 상쾌한 기분이 되어야 하는 데 도무지 몸이 가뿐하지 않으니 우울한 분위기로 시작하게 된다. 그냥 불편하다는 표현이 좀 부족한 느낌이 든다. 그래서 말째다라는 어휘가 딱 맞는 것 같아서 그 말이 입안에서 맴돈다.

말째다는 말은 이북 평안도 사투리다. 함경도 황해도 분들도 그런 말을 쓰는지 어찌한 지는 모르겠다. 나는 본향이 평안남도다. 육이오 전쟁이 있기 전 여덟 살 때 이남으로 이주하였다. 어려서부터 서울 생활을 하였기 때문에 고향 사투리를 별로 쓰지 않는 데 왜 말째다는 말이 자꾸 떠오르는지 모르겠다. 표준어로는 '거북하고 불편하다' 이 두 가지 말을 합쳐서 하나로 표현할 단어가 생각나지 않는다.

지금은 동짓달의 마지막 주, 꽤 늦은 가을이다. 가을의 끝자락이면서 겨울이 막 시작되는 시점이다. 십삼 층 아파트 베란다 창으로 내려다보면 가로수 은행잎들이 노랗게 물들었고 떨어져 보도에 뒹군다. 그 모습이 애처롭다 못해 처연하다. 앙상한 가지만 남아 있는 것도 있고 아직 나뭇잎이 꽤 많이 달려있는 나무도 있다. 잎이 돋은 차례대로 낙엽이 되는 것은 아니다.

우리 인생도 일찍 죽는 사람과 오래도록 살아서 장수하는 삶도 있다. 가로수도 심은 순서대로 죽지 않을 것이 분명하다. 우리 속담에 '태어나는 것은 순서가 있지만 죽는 것은 순서가 없다.'라는 말이 있다.

이 순간 노란색 단풍잎을 달고 있는 은행나무의 속내를 생각한다. 저 나무도 늙으면 나처럼 거북하고 불편해지는 것은 아닐까?

아니 늦가을이 되면 말째다고 느끼고 있는 것일까? 혼자 상상의 나래를 펴본다. 지금 노란 잎을 떨어뜨리고 있는 모습을 보면서 이른 봄 물오른 가지에 새싹이 돋고 푸른 잎이 햇볕을 받아 한창일 때는 행복했으리라.

때로는 혹독한 가뭄 속에서 견디고 폭우와 거센 바람을 이겨내기도 했겠지, 온갖 고난을 겪고 나면 열매가 영글면서 결실의 계절이 찾아온다. 그제야 임무를 완성하고 한숨 돌린다. 어느덧 계절이 바뀌지만 그동안 많은 고통을 겪으면서 이제 노쇠하여 마지막 임무인 단풍으로 절정기를 장식하고 낙엽이 될 때 그도 말째다고 표현하지 않을까.

형제자매들에게 전화해서 안부를 물으면 그들도 역시 나와 마찬가지로 몸이 예전 같지 않단다. 왠지 서러워서 눈물이 난다. 칠십 고개를 넘으면 건강 관리법을 완전히 새로 배워야 한다. 사람마다 차이는 있지만 대체로 칠십오 세 이후로 신체 기능이 급격히 떨어지고 팔십 세부터는 여기저기 불편한 곳이 생기게 마련이다.

지금은 인간의 수명이 많이 늘었다. 그 수명만큼 온갖 병에 시달리는 일도 당연히 늘어났다. 초상난 곳을 가보면 보통 구십 세 이상이다. 그래서 제 이의 인생 설계를 다시 짜는 분들도 있다.

말째다는 생각을 떨쳐 버리고 노년을 즐기는 쪽으로 생각하자. 노인에게 닥칠 질병을 겁내지 말고 성실한 자세로 매일매일 보람 있는 일을 찾아서 봉사하는 것이 현명한 삶일 것 같다.

호사다마

호사다마(好事多魔)란 좋은 일에는 늘 방해가 많다는 뜻이리라. 이 말을 나는 '좋은 일일수록 항상 조심하라'는 뜻으로 해석하고 싶다. 좋은 일에 마(魔)가 끼어 불행한 일이 일어날지 누가 알겠는가?

얼마 전 무릎 골절 시술을 받았다. 귓갓길에 보도에 삐죽이 솟아오른 돌에 걸려 넘어졌다. 그 자리에서 주저앉을 정도로 통증이 심했다. 즉시 동네 병원에서 엑스레이 사진을 찍어 보았으나 뼈는 이상이 없다고 했다. 그래서 사흘 동안 물리 치료를 받았는데 부기도 안 빠지고 계속 아팠다. 느낌이 안 좋아서 대학병원을 찾았다. 그곳에서 컴퓨터 단층사진으로는 무릎 골절이라 했다.

다음 날로 시술 일정을 잡고 응급수술 환자가 되었다. 이틀간의 입원 치료였다. 간단한 시술이었지만 수술이나 다름없었다. 하체를 마취하여 시술 시간이 두 시간 반이나 걸렸다. 그러나 시술 후 밤새도록 통증에 시달려야 했다. 그리고 5주를 반깁스 상태로 지내야 했다.

외출할 수 없는 5주 동안 방안에서 감옥에 갇힌 수인처럼 답답함을 참는 것도 힘들었다. 그 와중에 몸 건강이 만사형통이라는 진리를 깨달았으니 그 시간도 헛된 것만은 아니었다.

작년 일 년 동안 글쓰기 강의를 듣고 작품 하나를 썼다. 좋은 평도 받았고 '우리복지신문' 참여 마당에 「캄포도마」라는 제목으로 글이 실렸다. 강사 선생님과 회원들이 기뻐해 주었다. 봄에 씨앗을 뿌려 가을에 추수하는 기쁨에 비유하면서 가슴이 벅차올랐다.

그즈음 기쁜 일이 또 하나 더 있었다. 나를 제일 먼저 할머니라고 불러준 손녀가 있었다. 성향(性向)이 나를 닮았다는 그녀는 사십팔 년 차이가 나는 띠동갑이다. 그 첫 손녀가 꽃의 계절인 오월의 아름다운 신부가 되어 혼인을 하는 경사를 앞두고 있었다. 사랑스럽기만 했던 그녀가 어느덧 성장하여 짝을 만난다는 사실 앞에 나는 몹시 흥분했던 것 같다.

이렇게 겹경사가 있는데 그 뒤에 찾아온 무릎골절 시술의 병마는 무엇을 뜻하는가? 호사다마는 나를 두고 하는 말일까. 전어는 워낙 맛이 좋은 대신 가시가 많다는 시어다골(鰣漁多骨)이라는 고사성어도 떠올랐다. 좋은 일 뒤에는 나쁜 일도 따르는 것일까.

첫아들이 혼인하고 열 달, 기쁨이 채 가시기도 전 여름, 기록적인 더위가 기승을 부릴 때였다. 남편이 갑자기 뇌출혈로 쓰러졌다. 그길로 병원에 입원하여 십오 년을 병상에서 고생했다.

이제 그가 가신지 어느덧 십 년이 되었다. 세월이 흐르고 나니 간병하느라 어렵고 힘들었던 그 시절이야말로 인내심을 키우는 세월이었고 수행하는 기간이라 생각된다. 뒤돌아보면 살아온 세월이 적지 않음을 느낀다. 그 속에는 좋은 일 뒤에 나쁜 일이, 또는 그 반대의 현상이 몇 번이나 되풀이했던 것 같다. 절망적인 것은 그때뿐이고 지나고 나면 금방 잊어버리는 것이 인생이다. 세월은 모든 기억을 휩쓸어가고 만다.

늘 기억하고 있어서 다 좋은 것도 아니다. 어렵고 힘들었던 기억은 잊어버릴수록 현명한 일이다. 우리가 살아감에 있어 어려운 시절을 견디는 힘은 다시 좋아질 것이란 소망을 갖는 것뿐이다.

'고난당하는 것이 내게 유익이라 이로 인하여 내가 주의 율례를 배우게 되었나이다.'

「시편」 119편 71절의 말씀이다. 고난으로 내 삶에 깨달음이 생겼다면 답답하고 고통스럽고 무료했던 시간들도 헛된 것이 아니다. 좋은 일에 교만하지 말고 고난당할 때 너무 실망하지도 말자. 어떠한 결과에도 의연한 모습, 흔들리지 않는 고요한 모습, 그것이 진정한 내 모습이었으면 싶다.

차선책

    마을버스를 타려고 시간에 맞춰 나갔다. 정류장에 막 도착하려는 순간 버스가 오고 있었다. 걸어가도 될 것 같았는데 버스는 속력을 내면서 멈추지 않고 그냥 지나쳤다. 정류장에서 기다리고 있는 사람이 안 보이니까 그냥 갔나 보다. 다음 차는 15분을 더 기다려야 한다. 길을 건너 조금 걸으면 비슷한 노선의 버스가 있다. 나의 목적지까지는 약간 돌아가지만 그 버스를 타면 된다. 차선책으로 그리할 수밖에 없다. 이런 때 차선책을 쓸 수 있다니 천만다행이다. 노선버스가 하나밖에 없다면 얼마나 불편하고 허탈하겠는가.

    차선책이란 참으로 편리하다. 세상 이치도 그런 경우가 꽤 있다. 차선책이 최선책이 되는 수도 있다. 인생은 언제나 새로운 변수로 가득 차 있기 때문이다.

    20대에 도시에서 하던 일을 접고 시골 부모님 농사일을 도울까 싶어 고향에 들렀다가 카페를 차려 대박이 난 기사를 보았다. 이처럼 생각지도 않던 일이 우연한 변수가 되어 성공한다면 얼마나 좋겠는가, 세상 살 만하다고 할 것이다. 살다 보면 우리네 인생살이에서 원하지 않는 일들이 일어날 경우가 허다하다. 변수마다 기회가 되어 성공할 수 있다면 그것은 대박이다.

왠지 생각이 많아져서 혼선이 올 때 이 선택이 올바른 것인지 알 수가 없어서 '현재로서는 최선이었어' 그 마음보다는 '어쩔 수 없이 차선책을 선택할 수밖에 없었어'라며 변명 같은 말로 자신을 달래보기도 한다.

얼마 전에 있었던 일인데 일주일에 한 번씩 가는 '문학강좌'가 있는 날이었다. 버스에서 딴생각하고 있다가 목적지 바로 전 정류장에서 내렸다. 걷기는 멀고 해서 아무 생각 없이 다음 버스를 탔다, 그런데 한 정거장 만에 내리는데 바로 인도 옆에 있는 정류장이었다. 아주 편리했다. 그다음부터는 실수해서 탔던 그 버스를 이용한다. 실수한 것이 올바른 길을 안내한 셈이다. 실수가 없었다면 아마도 건널목을 건너지 않고 다닐 수 있는 편리함을 몰랐을 것이다.

'장님 문고리 제대로 잡았다'는 속담 또는 '소 뒷걸음치다 쥐잡기'라는 속담이 떠오른다. 어쩌다 우연한 실수가 오히려 편리함을 발견한 셈이다.

전공은 공대 기계과였는데 차선책으로 교육학과를 이수하였다. 그렇게 하여 공업고등학교에서 교편을 잡게 된 분도 주위에서 보았다. 차선의 선택이 최고의 직업이 되어 일생 동안 종사하게 되었다는 후일담을 듣고 차선의 준비가 필요함을 느꼈다.

'각자의 최선보다 모두의 차선'이라는 것, 혼자서는 일등이 가능한데 여럿이 함께함으로 부족한 쪽을 채워 주기 위하여 차선을 택하게 된다는 것이다. 타인의 부족한 면을 채워 주기 위해 희생한다는 마음이 얼마나 아름답고 향기로운 일인가?

대통령 선거전에서의 차점자는 가슴 아픈 일이다. 단 몇 퍼센트 차이로 당락이 결정되어 그동안 일생을 걸고 공들여온 세월이 한순간에 무너지고 승리자에게 승복하여야 하는 것이다.

대통령 후보자는 자격을 갖추어야 함은 물론이다. 우선 나이가 선거일 현재 40세 이상이어야 한다. 그다음 또 조건이 있다.

1. 금치산자는 후보로 나서지 못한다.
2. 전에 불법선거를 저질러 아직 피선거권을 회복하지 않은 사람은 출마할 수 없다.
3. 법원의 판결에 따라 선거권이나 피선거권을 잃거나 정지된 사람은 안 된다.
4. 교도소에 갇혀 있는 사람은 안 된다.
5. 오 년 이상 우리나라에서 살고 있는 사람이어야 한다.

몇 년 동안을 준비하고 치열하게 선거유세를 펼쳤는데 차점자가 되면 모든 것은 물거품이 된다. 일등만이 남게 되는 것이기에 차기를 노릴 수밖에 없다. 선거에는 '최선'이라고 생각해서 표를 찍은 사람과 '차선'이나 '차악'이라고 생각해서 표를 찍은 사람이 같은 편으로 묶일 수 있다. 그러니 아예 서로 묻지를 말자.

우리나라는 5년마다 대선을 치르고 있다. 그때마다 희비가 엇갈린다. 대통령에 당선된 분의 당은 여당이 되어서 국정을 책임지고 통치하게 된다. 국회의원이 많아도 대통령을 배출하지 못한 당은 자연히 야당이 된다. 지난 정권 때 여당이 국회의원 수도 절대적으로 많아서 여대야소라고 하였다. 그런데 이번 대선에서 야당에서 대통령이 당선되었으니 자연히 국회는 여소 야대라고 칭하게 됐다.

벌써부터 불협화음이 예상된다. 이런 상황에서 국민의 화합은 참으로 중요한 과제다. 대선에서 승리한 대통령은 개인의 영달을 버리고 국가와 민족을 위하여 몸과 마음을 바쳐서 이 나라를 잘 다스려 주기를 간절히 바란다.

코로나 때문에 자책하거나 답답함을 원망하지 말았으면 좋겠다. 우리 모두 각자 상황 속에서 출구를 찾도록 하자. 최선이라고 생각했던 일이 지나고 보니 늘 최선이던가? 최선을 선택하지 못하고 차선을 선택했다고 늘 후회만 하여야 할까? 최선과 차선은 한 끗 차이밖에 안 되는데 이것은 차선이었구나. 그보다 더 좋은 방법이 있었을 텐데.

최선의 방법을 찾지 못한 것에 대해 자책할 필요는 없다. 어떻게 사는 것이 행복할까? 재산이 많아 부자로 사는 것일까? 나는 최선이든 차선이든 주어진 운명대로 사는 그것이 가장 행복한 삶이라고 생각한다.

따뜻함

'따뜻하다'를 풀이하면 '덥지 않을 정도로 온도가 알맞게 높다' 또는 '감정, 태도, 분위기가 정답고 포근하다'는 뜻이다. 그래서 전자는 비치는 햇살로 표현하기 때문에 피부에 닿아서 느끼는 것이고 후자는 어머니의 보살핌을 나타내는 낱말로 마음속에서 우러나는 정을 표현한 것이다.

요사이 그 따뜻하다는 어원이 내 마음을 사로잡는다. 피부로 느끼는 것이나 감정을 표현한 것 모두가 매력적이어서 친근하게 다가온다. 따뜻하다고 하면 겨울 물품인 목도리, 모자, 장갑 등을 가리키기도 한다. 이런 물건을 하나하나 사용하면 목, 머리, 손이 보호되어 추위를 피할 수 있고 겨울나기가 수월할 수 있으므로 그 물품을 따뜻하다고 표현한다.

불쌍하고 가련한 사람의 모습을 보고 강 건너 불 보듯 무심하게 지나치는 게 세상인심이다. 어떤 분은 자기 일인 양 사랑으로 감싸고 위험을 무릅쓰고 인명을 구하는 모습, 이것이 미담이요 따뜻한 정이라고 표현하기도 한다.

몇 년 전 전기 찜질기를 하나 사들여서 사용하고 있는데 아주 소중히 여기고 있다. 십 분 정도 충전하면 따끈해지면서 찜질하기 알맞은 온도로 세 시간을 버틴다. 소장한 지 팔 년이나 지났는데 고장도 없고 처음 성능 그대로다. 잠들 시간에 맞추어 충전하여 가슴에 품고 있으면 차가운 내 몸은 훈훈해져 편한 잠자리가 된다. 재산 목록 일호라고 해도 손색이 없다. 그 정도로 아끼고 애용한다.

　가끔 몸이 불편한 부위가 있으면 뜨겁게 하여 대고 있으면 아픔이 사라져서 기분이 상쾌해진다. 만병통치 물리치료 기구라고나 할까. 모양으로 말하자면 타원형인데 지름이 한 뼘 정도 되는 엎어 놓은, 가마솥 같아 다루기가 편하다. 짙은 고동색으로 반들반들 윤이 나서 늘 새것 같으니 아우라가 좋아서 질리지 않는 애장품이다.

　동서고금을 막론하고 사람들은 차를 즐겨 마신다. 차는 배고픔을 달래려 먹지는 않지만 기호품으로 꼭 필요하다. 걸을 때 쉬어 가듯이 식사하고 나면 여유롭게 차를 마신다는 것은 풍류를 즐기는 것과 같다. 오병훈 님의 『한국의 차그림』이란 책을 보면 '자연에서의 차 한 잔이 곧 시 한 수'라는 글도 좋지만, 김홍도의 산수인물도에서는 그림 아래쪽에 다로와 주전자가 놓여 있어 차 끓이는 모습이 보인다. 따뜻한 차를 마셨다는 조상의 지혜를 그림을 보고 알 수 있다. 차는 따뜻한 것이 정설이고 그래야 몸을 데울 수 있어 유익하다.

우리가 일상 자주 마시는 커피는 세계인이 마시는 공통 음료가 되었다. 첫째 쓰고, 둘째 향기롭고, 셋째 뜨겁다는 것이 커피의 특성인데 우리나라 사람들 특히 젊은이들은 사시사철 커피잔에 얼음을 잔뜩 넣은 냉커피를 즐긴다. 길을 걸으면서도 얼음을 넣은 커다란 커피잔을 들고 다닌다. 엄청 더운 나라 브라질에서도 냉커피를 마시는 이는 없다고 한다. 뜨거운 커피를 마시는 것이 예의이며 습관이라 한다.

유럽에 신혼여행을 가서 냉커피를 주문했더니, 뜨거운 커피에 얼음 조각 한두 개를 띄워 주어서 미지근하여 이 맛도 저 맛도 아니더라고 했다. 중국음식 짜장면이 중국 본토에는 없고 우리나라에만 있는 메뉴처럼 냉커피도 우리나라에서 개발한 특유의 음료라는 생각이 든다.

커피의 역사 또한 북아프리카에서 시작하여 중동, 유럽, 인도 등으로 퍼졌다고 한다. 찻집에는 자주 가지만 차가운 음료는 마시지 않는다. 차는 모름지기 뜨거워야 한다는 것이 나의 지론이다. 찬 커피가 정도에 어긋난다는 느낌은 나만이 갖는 기우(杞憂)일까.

따뜻하다는 기억력 저편에는 어린 날의 내 모습이 주마등처럼 스쳐 간다. 연탄을 연료로 사용하던 때의 추억 한 토막이다. 추운 겨울날 아궁이에 연탄불을 피워 넣으면, 방 아랫목이 따뜻해지는데, 그곳에 옹기종기 모여 앉아서 삶은 밤이나 볶은 땅콩을 까먹으며 긴긴 겨울밤을 견뎠다. 욕심쟁이가 없었는지 싸움 한번 안하고 서로서로 눈치껏 잘 지냈던 기억이다. 그때 정이 넘치던 모습이 그립다.

밖에는 소복소복 눈이 쌓이고 북풍한설 몰아쳐도 방안에는 훈김이 돌아서 이야기꽃을 피울 수 있었고 그래서 정을 쌓았었다. 형제간의 우애가 지금보다 훨씬 돈독했었다. 핸드폰으로 모든 것을 해결하는 지금의 어린이는 상상도 못 할 일이지만 우리 세대는 어린 날의 따뜻한 추억이 아직도 편린(片鱗)으로 남아 있다.

김만철 씨는 지금부터 삼십여 년 전인 1987년 공산정권의 삼엄한 경계를 뚫고 열한 명의 대 식구를 이끌고 배로 탈북하여 세계적으로 이목을 집중시켰다. 그분은 정치적인 이념을 말하지 않고 오직 따뜻한 남쪽 나라를 찾아가 살고 싶어 탈북했다고 해서 모두를 감동시켰다.

우리 몸에 서식하여 악성병을 일으키는 암은 따뜻한 곳에서는 활동이 느리다고 한다. 차가운 환경에서 왕성하게 번식한다. 물을 마실 때도 찬물 아닌 온수를 마시고 따뜻한 음식으로 섭생하여 몸을 보호하는 것이 건강을 지키는 첩경이다.

더운 음식으로 몸을 데우고 따뜻한 온도로 몸을 유지하는 것은 내 몸을 지키는 파수꾼의 역할이다. 그러하기에 따뜻함은 인류의 원조이며 원동력이다.

숫눈

아침부터 눈이 내리고 있다. 흩날리는 눈발은 작은 흰 나비들이 춤추듯이 날갯짓을 하며 지상으로 내려오고 있다. 땅에 닿는 순간 멈춰 버리니 여기가 끝인가 하고 한숨 돌리지만, 차바퀴에 뭉개지거나 사람들 발에 밟힐 수도 있다. 구름 속의 물이 얼어서 날릴 때 그 모습이 눈의 전부는 아니다. 낙하를 멈추었다고 눈의 생을 다한 것은 아니다.

도시의 아스팔트 위에 내려앉으면 사람들의 발에 밟히고 차바퀴에 밀려서 흔적도 없이 사라질 수도 있다. 다행하게도 산이나 논밭에 내린 숫눈은 오래도록 버틸 수 있다.

나는 숫눈을 생각하면 가슴이 벅차오른다. 아무도 밟지 않은 숫눈길을 걸을 때 내 발자국을 돌아보면 마음의 방향과 상태를 알 수 있다. 조급한 마음이면 얕은 발자국이 무질서하게 찍힐 것이며 사색에 잠겨 안정된 상태이면 발자국은 깊고 정확하게 새겨질 것이다.

증손녀가 태어났다. 그녀를 보며 숫눈을 연상했다. 이제 4개월에 접어들었다. '코로나19' 감염병으로 마음대로 왕래할 수 없는 세상이라서 백일 날에야 겨우 안아 볼 수 있었다. 내 품에 안겨서 눈을 맞추기는커녕 주먹을 쥐고 딴 곳을 바라보는 모습이 신기하기만 했다. 자라는 모습을 동영상이나 사진으로만 보았는데 순간순간 전율을 느꼈다. 자는 모습은 온몸으로 평화를 표현하는 듯, 웃는 모습은 환하게 주위를 밝히는 등불이 되었다. 이렇게 기분 좋게 볼 수 있는 활동사진이 어디 있겠나 싶었다.

내 아이들을 키울 때는 자연히 솟아나는 모정으로 교육을 해야 했기에 절제가 필요했다. 손자녀들은 귀히 여기면서 마냥 사랑해 주기만 했다. 상상해 본 적 없는 증손녀를 보고 나니, 표현할 수 있는 낱말이 생각나지 않을 정도로 그저 귀엽고 예쁘기만 했다. 아들딸은 속으로만 사랑을 주고 겉으로는 무심한 체했고, 손자녀는 겉으로 나타내 보이는 사랑을 하였다. 증손은 더욱 귀중한 존재로 생각되었다. 보물과 같은 증손녀가 흰 눈 내리듯이 살포시 내 옆에 왔다.

그녀를 보고 있노라면 아무도 밟지 않은 숫눈 같아서 마음이 활짝 열리면서 가슴이 요동친다. 잇몸을 드러내고 웃는 모습을 보면 단번에 마음을 빼앗기고 만다. 상대방을 뇌살시키는 저 웃음에 반해 버린다. 그 미소를 살인 미소라 이름 지었다. 티 없이 맑은 미소를 보면 행복하다.

내가 살아온 생을 돌아보면 이사를 많이 했다. 세월이 참 빠르다. 결혼해서 어느새 반백 년이 넘었는데 열일곱 번 이사를 했다. 신혼집은 단칸 전세방이었다. 두 번 이사한 다음부터는 형편없지만 내 집을 장만해서 살았다. 그런데 정해진 수입에서 지출을 억제하여 모은 돈으로 집을 조금씩 늘려가는 재미로 자주 이사를 했지 싶다. 늘려가는 재미도 쏠쏠했지만 집을 옮겨가는 것이 재미가 있었다. 새로운 동네로 이사 가서 낯선 사람들과 사귀는 과정을 나는 몹시 즐겼다. 일이 년 살다 보면 집집마다 그분들의 성품을 다 파악하게 되었다. 그리고 내 성품도 다 노출되었다. 그런 비밀이 없는 삶이 싫었다.

집집마다 대문을 열어 놓고 살던 시절이었다. 음식도 서로 나누고 비밀이 없어 어려운 일은 서로 걱정을 나누고 기쁜 일이면 축하해 주었다. 때로는 다른 집 흉사에 은근슬쩍 걱정하는 척하지만 고소해하는 모습도 있었고 남의 집 자녀 출세하는 걸 질투하는 분들도 보았다. 나는 그런 좋지 않은 인심이 싫었다.

오래 살면 살수록 동네 인심을 훤히 알게 되었다. 처음 사귈 때는 좋게 보였는데 세월이 갈수록 적나라하게 드러났다. 그러면 동네 자체가 싫증이 나면서 다른 곳으로 이사 가고 싶었다. 겉과 속마음이 다른 분만 있는 것은 아니지만 내가 믿었던 만큼 다른 행동을 할 때는 참지 못했다. 그만 자리를 뜨고 싶을 뿐이었다.

새로운 곳에 가서 낯선 사람들과 교제하는 것 자체가 즐거웠다. 마치 숫눈길을 걸어보는 떨림으로 희열을 느끼곤 했다. 혈기가 왕성했던 젊은 시절 두려움이 없던 때였다. 나 자신은 처음과 끝이 변함없는 성격이라고 자신만만한 오기 때문이었으리라.

마음의 변동 때문에 어려운 이사를 마다하지 않고 묵묵히 치러 내곤 하였다. 지금 회상해 보면 단순하게 흑과 백으로만 나누어서 단정 짓고 행동했던 철없는 시절이었다.

산이나 들, 어디라도 가리지 않고 오직 흰색 하나로 통일해 버리는 눈이여, 그대라면 정녕 이 세상은 편견 없는 화평한 곳으로 만들리라. 창밖에 하염없이 내리는 눈을 보며 인적 없는 숲을 포근히 감쌀 숫눈을 상상해 본다.

새로운 풍습

코로나19 바이러스 감염증 시대를 사는 우리는 몸은 멀리하고 마음만은 가까이해야 한다. 전염병이 대유행하는 '팬데믹' 시대이기 때문이다.

우리나라는 단일민족 국가이다. 매일 마주하는 동네 사람끼리도 볼 때마다 인사를 한다. 멀리 있는 친척에게는 안부를 전하고 대소사에는 꼭 만나서 슬픔과 기쁨을 함께하는 것이 당연지사이다. 이것이 우리의 풍습이다

예전에는 삼사 대가 모여 한 가정을 이루는 것이 예사였다. 그래서 식구가 아홉 명 열 명 되는 것이 보통이었다. 지금은 핵가족화되어 직계 가족만이 한집 식구로 살고 있다. 인정이 메말라가는 것이 확실하다. 그럴 뿐만 아니라 그 단계를 넘어서서 도대체 인간미를 찾을 수 없다.

특히 시부모 모시기를 꺼리는 젊은 층이 많아졌다. 홀로된 시아버지나 시어머니들은 어쩔 수 없이 자의 반 타의 반, 결국 홀로 가구가 될 수밖에 없다. 프라이버시, 즉 자신의 사생활을 간섭 받

기 싫어서 자식들과 한집에서 살기를 꺼리는 분들도 있다. 며느리들도 마찬가지다. 그래서 요즘은 홀로 가구가 느는 추세다. 매일 부대끼는 일상에서 장점보다는 단점이 더 잘 보이는 것이 우리네 인생살이가 아니던가?

〈마태복음〉 7장 3절에 '어찌하여 형제의 눈 속에 있는 티는 보면서 네 눈 속에 있는 들보는 깨닫지 못하느냐'라고 하였다. 상대의 흠집은 잘 보이고 나의 잘못은 안 보인다는 뜻으로 인간의 어리석음을 탓한 것이리라.

어떤 분이 아내의 귀에 이상이 있다는 느낌이 들어서 병원에 가서 의사와 상담을 했다.

"상처 주지 않고 아내의 상태를 확인하는 방법은 없나요?"

의사는 좋은 방법을 알려 주었다. '대화거리 측정법'인데, 현관에서부터, 그리고 바로 등 뒤로 가까이 가서 무엇이든 물어보고 답을 제대로 하는지를 시험해 보란다.

당장 시험에 돌입했다. 현관에서 아내를 불러서

"오늘 저녁 찌개는 뭐야?"

구수한 된장찌개 냄새가 났지만 아내는 답이 없었다. 주방 입구에서 다시 물었다. 역시 반응이 없었다.

'아! 이렇게 심각한 상태였나?'

요즘은 의학이 발달했으니 반드시 고쳐 주리라. 마음속으로 굳게 다짐했다. 칼질하는 아내를 뒤에서 안으며 귀에 대고 물었다.

"오늘 저녁 찌개는 뭐야?"

그러자 즉각 반응이 왔다. 아내는 칼질하던 손을 멈추고 획 돌아서더니 칼을 든 채로 소리를 빽 지르면서

"된장찌개라고 몇 번을 말했는데, 귓구멍이 막혔어?"

'아아 그랬었구나! 아내가 아니라 내 귀에 문제가 있었어.'

어느 목사님에게서 들은 설교였다.

'사람에게 허물 많은 것이 부끄러운 것이 아니라 잘못을 고칠 줄 모르는 것이 더 부끄러운 일이다.'

《채근담》에 나오는 말이다. 이 말과 같이 내 허물을 반성하고 상대를 너그러이 용서하는 마음이 가장 아름답다. 우리는 내 문제를 느끼지 못하고 먼저 남을 탓한다.

민족의 명절을 맞이하였지만 코로나로 많은 제약을 받는 것이 현실이다. 특히 사람이 모이는 것에 예민해질 수밖에 없다. 자녀 손 모두 같은 고장에 살고 있다면 부모님 집에 모여서 음식을 나누면서 화기애애한 시간을 보낼 수도 있다. 물론 마스크는 꼭 쓰고 있어야 하겠지만.

나는 이번 설을 맞이하면서 많은 고민을 한 끝에 자녀 삼 남매가 제각기 다른 날을 정하여 만나기로 했다. 설날을 맞이하여 사흘의 휴일이 있으니 첫날은 막내가 오고, 둘째 날은 큰아들이, 셋째 날에는 딸이 각각 방문하기로 합의를 보았다. 코로나로 다섯 명 이상 모일 수 없다는 정부 방침이 있었고, 협조해야 함을 느꼈기 때문이다.

전에는 추석이나 설에는 집안이 꽉 찰 정도로 손자녀들이 북적

였는데 지금은 한산한 모습에 적막감이 들면서 쓸쓸하고 허전하다. 추석과 구정은 조상 대대로 지켜온 고유의 명절이다. 이날에는 자녀들을 맘껏 볼 수 있고 멀리 있어 소원해졌던 친척들도 반갑게 만나서 소식을 전하고 덕담을 하는 기쁨이 넘치는 날이다. 그런 것 없이 쫓기듯 굳은 표정으로 잠깐 만나고 헤어진다는 것 자체가 서글픔이다. 그렇지만 강력한 바이러스가 급속도로 번지는 전염병이기에 마음을 놓을 수가 없다. 이제까지 없었던 바이러스 감염을 막을 방법을 찾아낼 수 없는 것은 매우 안타까운 현실이다. 이런 바이러스가 온 지구를 팬데믹으로 만든 것은 그 무엇의 탓도 아니고 우리들 인간의 잘못일 수도 있다.

인류가 살아온 최근 오십 년 동안 세계 인구는 두 배, 곡물 생산량은 세 배, 육류 생산량 세 배, 플라스틱 생산량은 열 배로 증가했다. 여간해서는 썩지 않고 환경을 오염시키는 이것들이 기후 변화의 원인이 되었다. 그 때문에 이제까지는 경험해 보지 않은 슈퍼바이러스가 출현해서 온 세계가 공포에 떨고 있다.

누구를 탓하랴. 우리 모두의 책임인 것을, 그동안 자연을 함부로 훼손한 인간들의 잘못이 참으로 크다. 이제는 지구촌 자체를 쾌적한 환경으로 다시 되돌릴 수 없다. 우리는 너무나 많은 것을 잃었다.

단시간에 썩지 않는 폐품들을 어찌할 것인가? 우리 자신의 반성이 있어야 하겠고 불편하더라도 일회용품을 줄이는 생활을 해야 하겠다. 이것만이 지구를 살리는 길임을 느끼고 쓰레기 줄이기를 실천하자.

한 가족이 따로따로 만나는 새로운 풍습은 이번 한 번으로 끝나기를 바란다. 먼 훗날 그런 일도 있었더라고, 옛날이야기로만 전해졌으면 하는 바람이다.

삶을 풍요롭게

대륙의 막내 호주에 갈 수 있는 기회를 얻었다. 그곳 발리아렛 (Balliarat)이라는 도시에서 여름휴가를 보내기로 했기 때문이다. 7월 25일부터 일주일 동안인데 그곳에는 사돈이 아이들 공부를 시키기 위하여 가 있는 곳이라서 딸 부부와 외손주도 동행했다.

인천공항에서 시드니까지는 항공기로 열 시간이 걸린다. 공항 도착 즉시 오페라 하우스로 갔다. 항구 쪽으로 돌출된 반도의 끝 에 해안 경관을 벗 삼아 세운 이 건물은 지붕이 세 개의 조가비 모 양을 한 특별한 건축물이다. 십육 년 동안 지은 건물이라 웅장하 고 아름다웠다. 시드니를 대표하는 건축물이지만 지금은 오페라 공연이 없는 비수기라서 안에 들어가 볼 수는 없었다. 수박 겉핥 기식으로 밖에서만 빙 둘러 보고 섭섭한 마음을 접고 돌아섰다.

건너편 허버브리지(Harbur Bridge)가 눈에 들어왔다. 둥근 아 치 모양의 다리다. 걸어서 건너면 20분 정도 걸린단다. 시드니 교 통편을 이어주는 중요한 역할을 하고 있다. 8차선의 자동차 도로 와 철로, 자전거 도로까지 있는 종합 교통로였다. 천장이 아치 모양이라서 멀리서도 잘 보였다. 직접 걸어보고 싶었지만 일정에 맞춰야 해서 모든 호기심은 마음에 묻어 두기로 했다.

어느 공원을 산책할 때 일이다.

잔디를 밟고 걸어가세요.
장미꽃 향기를 맡으세요.
나무를 안아 주세요.

라는 뜻의 푯말을 보았다.

'아! 꽃과 나무와 잔디도 사람의 체취를 원하는구나' 하는 감동을 받았다. 우리나라 공원 곳곳에는 '잔디밭에 들어가지 마세요'라는 푯말이 생각나서 우리와는 문화적 차이를 느꼈다. 이곳 호주는 사람과 식물이 밀접하게 공존하며 살아가는 모습이 역력했다.

시드니에서 다시 비행기를 타고 멜버른으로 가서 자동차로 한시간 남짓 달려 목적지인 발리아렛에 도착했다. 금광으로 생긴 도시가 지금은 폐광이 되어 있었다. 옛날 금을 캐던 흔적들을 볼 수 있었는데, 시설이 몹시 열악해 보였다. 현재는 교육도시로 발전하여 외국 유학생이 많은 편이었다.

이곳에는 높이 솟은 건물은 없고 모두 단층집이었다. 슈퍼도 일 층으로만 지어서 상점 앞 넓은 마당이 전부 다 주차장이라 거칠 것 없이 편리했다. 주택가를 산책하다 보니 백 년 이상 된 단층집들이 즐비했다. 기와는 이끼가 피어 파랗게 변해 있었다. 새 건물은 보이지 않았다. 재개발하지 않고 그대로 두어서 건물이 대부분 고색창연한 모습이었다. 옛것을 익히고 그것을 미루어서 새것을 안다는 온고지신(溫故知新)이 생각났다.

단층집이 띄엄띄엄 있는데 담이 얕아서 안마당이 들여다보일 정도였다. 대부분 대문 앞에는 넓은 잔디밭이 있고 그 너머로 차가 달리고 있었다. 마당에는 잔디가 곱게 깔려있고 향나무, 동백나무, 장미를 심었으며, 오렌지나무가 집집마다 있어 달콤한 향기를 풍겼다. 우리나라 어디서나 볼 수 있는 감나무처럼 흔했다. 내가 좋아하는 오렌지나무를 처음 본 터인지라 신기하기만 했다.

마을 근처를 산책했다. 잔잔한 호숫가에는 많은 새들이 마음껏 날아다녔다. 새들의 천국이 따로 없었다. 고요하고 평화로운 이 풍경 속에 나도 동화되는 듯 포근하게 느껴졌다.

거리에 나서면 우리나라 현대 마크를 단 자동차가 많이 달리고 있었다. 반갑기도 하고 우월감이 들면서 우리나라 차를 수입하는 이 나라에 고마움을 느꼈다. 외국에 나가면 누구나 애국자가 된다는 말처럼 우리나라 흔적을 어딘가에서 찾으면 이웃사촌처럼 반갑다.

동물원을 관람했는데 생소한 코알라가 많았다. 호주가 원산지이며 초식동물이라 행동이 느렸다. 곰과 비슷한 모습인데 아주 귀여웠다. 순한 눈매로 나무에 착 달라붙어서 사람을 보고 놀라지도 않고 빤히 쳐다보며 움직이지도 않았다. 그 모습에서 동물이라는 두려움보다는 아기를 보는 듯한 느낌이었다.

지금이 한겨울이라는데 기온은 섭씨 10도 정도로 우리나라의 늦가을 날씨였다. 겨울이면 매우 춥고 여름이면 덥고 습한 우리나라 날씨는 사람들을 급한 성격으로 바꿔놓았다. 넓은 땅에서 온화한 기후로 생활하는 호주 국민, 급할 것 없이 넉넉해 보이는 이 나라 국민성이 부럽다. 길에서 혹시 부딪히기라도 하면 그들은 미소를 지으며 미안하다는 인사를 먼저 했다. 실은 내 잘못인데 하고 쑥스러웠다. 넓은 땅에 비해 인구가 적은 이 나라 사람들의 부드러운 표정에는 여유가 있어 보였다.

공해가 없는 이곳 자연환경은 부러움의 대상이었다. 넓은 땅에서 재배하는 농산물, 축산물은 값이 헐하다. 특히 청정지역에서 나는 쇠고기를 맘껏 먹을 수 있어서 일정 내내 기분이 좋았다. 이곳에서 재배한 사과를 보니 작고 초라해 보였다. 농약을 하지 않은 탓이다. 볼품은 없지만 몸에 좋은 유기농이 아닌가? 그러나 맛은 별로였다.

인구밀도가 높은 우리나라는 땅이 좁아서 좋은 품종으로 개량하고 소출을 많이 내어야 수지맞는다. 척박한 환경 속에서 고군분투하며 최상의 농산물을 생산해내는 우리나라 농민들을 격려하고 칭찬해 주고 싶다. 일주일 동안 시간의 흐름이 느리고 편안하게 지나간 느낌이었다.

문득 우리나라의 여름휴가를 생각한다. 그때마다 고속도로에 줄지어 서 있는 자동차의 행렬이 날이 갈수록 더 심해지는 데 어떤 새로운 제도를 만들어서 교통지옥을 해소할 것인가 고민하게 된다.

우리의 환경은 열악하지만 보다 많은 노력을 하여 마음만이라도 여유로움을 갖고 살아야 하지 않을까? 그렇게 하면 우리의 삶이 더 풍요로워질 것이다.

빗소리

　오늘과 내일의 경계선인 밤 열두 시다. 오후 내내 맑았었는데 밤이 깊어 천둥소리가 요란하더니 폭우가 내린다. 빗물이 베란다 유리문을 타고 폭포수처럼 흘러내린다. 요사이 밤비 내리는 모습을 자주 보게 된다.

　비가 내리는 원리는 공기 중의 수분과 관계가 있다. 수증기가 대기 중의 찬 공기와 만나 엉기어 미세한 물방울이나 얼음 덩어리로 공기 중에 떠 있는 것이 구름이다. 작은 물방울들이 서로 뭉치면 무거워져 땅으로 떨어지게 된다. 이것이 비이고 얼면 눈이 된다.

　비 오는 날은 전을 부쳐 먹어야 제격이다. 빗소리와 지글지글 전 익는 소리가 닮았기 때문일까? 애호박이며 부추전이 익어가는 고소한 냄새가 저기압 상태에서는 이웃집으로 전해지게 마련이다. 정성을 담은 접시가 담을 넘어가면 빈 그릇을 돌려줄 수 없어 햇밤이며 대추라도 소복이 담겨 되돌아온다. 비 오는 날이면 이렇게 정을 키워가면서 살아간다.

쏴—아하고 내리는 비는 찌꺼기를 쓸어내리듯 가슴속까지 시원하게 한다. 저절로 잠들게 하는 잔잔한 빗소리는 자연의 소리다. 봄비의 모습이기도 하다. 폭우는 백색 소음이다.

차 안에서 비 내리는 풍경을 보면 편안함을 느낀다. 한적한 공원길에 거침없이 내리는 강한 빗줄기는 여름날의 풍경이다. 창밖에 주룩주룩 내리는 가을 빗소리를 들으면 마음이 차분해진다. 겨울 빗소리는 거침없이 내려치는 상쾌한 소리다.

소나기는 온통 세상을 물로 채울 것 같은 기세로 퍼붓다가도 그친다. 그치지 않는 비는 없다. 가끔은 갈팡질팡 조절을 못 한다. 필요할 때 내리지 않아 가뭄으로 목이 타고 너무 많이 와서 가산이 떠내려가기도 하여 큰 손해를 보게 한다. 그때는 비가 원망스럽다. 과유불급(過猶不及)이라 하지 않던가? 무엇이나 넘치는 것은 결과가 좋지 않다.

여학교 다닐 때는 비가 좋았다. 사계절 내내 모양이 같은 검은색 운동화를 신었는데 비 오는 날이면 장화를 신을 수 있어서 신이 났다. 질퍽거리고 걸으면 구속에서 벗어나 자유를 만끽하는 기분이었다.

굵은 빗줄기를 맞으며 아스팔트 길을 걸어보라. 몸과 마음이 다 정화되듯 정갈해짐을 느낀다. 강한 빗줄기는 세상의 온갖 추한 것을 다 씻어 내린다. 빗물은 땅속으로 스며들어 산천초목을 해갈시켜 주며 강에 모여 다시 바다로 흘러 들어간다. 사람들은 강물을 정화하여 식수로, 또는 생활용수로 쓰고 있다.

수분은 우리 몸에 꼭 필요한 물질이다. 몸의 칠십 퍼센트가 물이다. 인체에는 필요한 영양소를 다섯 가지로 나눠지만 여기에 물을 더하여 육대 영양소로 일컬어지기도 한다.

물 부족이 심각한 아프리카 지역에서는 남녀노소 할 것 없이 마실 물을 구하기 위해 수십 킬로미터 떨어진 곳에서 식수를 길어오는 일이 하루 일과가 되고 있단다. 물을 마음대로 이용할 수 있는 나라에 태어난 것은 행운이다. 비가 철 따라 충분히 내려주기 때문이다.

나는 눈보다 비가 더 좋다. 눈은 내릴 때 보면 목화송이처럼 희어서 깨끗하고 아름다워 보이지만 쌓이게 되면 미끄러워 걸을 때 위험하다. 녹을 때는 먼지가 섞여 질척이기 때문에 보도는 짙은 회색이 되어 정갈하지 않다.

이십여 년 전에는 동네 산에서도 물을 떠다 마셨다. 산에는 으레 약수터가 있기 마련이었다. 아침 일찍 산에 올라가 보면 샘가에 물통이 일렬로 줄을 섰다. 한 모금 마시고 갖고 간 물통에 차례대로 물을 받아서 내려왔었다. 일부러 시간을 내서 물통을 여러 개 갖고 산에 가서 샘물을 받아 차 트렁크로 실어다 놓고 마시던 때가 생각난다. 시간이 좀 지나면 물통 밑바닥에 새파랗게 이끼가 생기곤 했었다. 그때는 물을 상점에서 사 마신다는 것은 상상도 못 했다. 당시를 회상하면 먼 옛날이야기 같다. 지금은 약수터마다 샘물이 오염되어 음료수로 부적절하다는 표시를 붙여 놓았다.

빗물이 모여 폭포를 만들기도 한다. 제주도에 갈 때마다 정방 폭포를 꼭 보고 온다. 힘차게 흘러내리는 두 개의 물줄기를 보며 한 마리 새가 되어 날아서 폭포의 꼭대기에 올라가고픈 충동에 사로잡힌다. 세계적으로 유명한 삼대 폭포 이과수, 나이아가라, 빅토리아 폭포들은 굉장히 웅장하고 환상적이어서 실물을 한번 보고 싶은 마음 간절하다.

우리가 살아가는 데 있어 꼭 필요한 물질이 물이다. 그것의 원조는 비다. 물은 곧 자연이다. 비도 인공으로 만들 수 있다고 하지만 어려운 일일 게다. 평소에 물을 아끼는 습관과 오염시키지 않도록 조심해야 한다. 지구 온난화를 막기 위해서라도 자연을 훼손하지 않는 행동이 필요하다.

물이 우리에게 주는 정서적인 가르침 또한 적지 않다. 노자는 물의 덕목을 강조하여 물처럼 살라고 했다.

낮은 곳으로만 흐르니 겸손(謙遜)이요, 흙탕물에도 섞이는 포용력(包容力)이 있으며, 막히면 돌아가는 지혜(智惠)가 있다. 어떤 그릇에도 담을 수 있으니 융통성(融通性)이 있으며, 바위도 뚫는 끈기와 인내(忍耐)를 갖추었고, 폭포가 되어 떨어지는 용기(勇氣)를 지녔으며, 작은 물이 큰 강을 이루고 끝내 바다에 이르는 대의(大義)를 품었다.

물은 이처럼 일곱 가지 교훈을 우리에게 가르쳐준다. 사람이 일생을 살아가면서 갖추어야 할 덕목이 아닌가.

늦은 밤 빗소리가 들린다. 문득 상선약수(上善若水)라는 말이 생각난다. 가장 아름다운 삶은 물처럼 사는 것이라는데, 아아 나도 그렇게 살고 싶다.

사회적 거리두기

코로나19 확진자가 급증하면서 지역사회 감염차단을 위해 실시되고 있는 캠페인이 '사회적 거리두기'이다. 많은 사람들이 모이는 행사에 참가하는 것을 자제하고, 되도록이면 외출을 줄이며 재택근무를 확대하자는 것이다. 사회적 거리두기라는 표현에 대해 세계보건기구(WHO)는 사회적으로 인간관계를 단절하자는 뜻이 아니라 '물리적 거리두기'라는 표현으로 바꾼다고 밝혔다

우리나라에서도 모임이나 외출을 자제하는 사회적 거리두기를 시작한 지 한 달이 넘었다. 모두의 목마름으로 일상을 회복할 날을 기다리고 있지만, 예전과 같은 일상으로는 상당 기간 어쩌면, 영원히 돌아갈 수 없을지도 모른다. 코로나19와 공존을 인정하는 생활 방역으로의 전환을 논의해야 하지 않을까? 하는 생각을 하게 된다.

나는 매일 약을 먹는 기저질환 환자다. 가족력인데 오십 대 중반에 생겼다. 그때부터 계속 약을 복용해 왔는데 처음에는 주치의를 정하고 매달 약을 타러 갔지만, 지금은 석 달 치를 한꺼번에 타

온다.

며칠 전 병원 갈 때가 되어서 길을 나섰다. 코로나19 바이러스 감염으로 비상사태인지라 마스크와 모자를 쓰고 장갑까지 낀 완전무장 차림으로 전철역으로 향했다. 전철을 타려면 지하로 내려가야 했다. 늘 만원이었던 엘리베이터가 텅 비어 있었다. 넓은 승강기를 혼자 타려니 미안한 마음도 들었다.

전철에 올랐더니 빈자리 없이 꽉 차 있던 좌석이, 일곱 명이 앉을 자리에 단 두 명만 양쪽 끝을 차지하고 서로 시선을 피하고 있었다. 사회적 거리두기를 실천하고 있는 현장이었다. 이런 낮 시간에 한가한 지하철을 타보기도 처음인지라 조금 어색했지만 다행히도 복잡하지 않아 편하기만 했다.

병원에 도착하였는데 입구에서 열을 재고 나서야 통과시켰다. 환자는 띄엄띄엄 앉아 차례를 기다렸다. 자기 일에 최선을 다하는 의료진을 보니 전쟁터에서 후방의 국민을 지켜주는 전사들처럼 위대해 보였다. 의료 방위의 최전선에서 직접 바이러스와 싸움을 벌이는 모습은 아름답고 숭고해 보였다. 저들의 노고 속에 오늘도 우리는 안심하고 지낼 수 있어 감사하게 생각했다.

귀갓길에는 버스를 타야 했기에 정류장으로 향했다. 여기서도 예전에 없던 색다른 풍경이 펼쳐졌다. 버스를 기다리는 사람들도 별로 없었지만 몇 안 되는 사람들이 곁을 안 주는 것은 물론이고 눈만 보이는 얼굴로 눈치를 슬슬 보면서 두 팔 간격 정도 거리를 두고 등을 돌리고 서 있었다. 마치 다투기라도 하여 원수를 대하는 것 같은 모습이었다.

지구상에 사람이 별로 없던 원시시대로 돌아갔나? 세월이 뒷걸음질 치고 있나 싶을 정도로 낯선 풍경이 생경한 느낌으로 다가왔다. 여기 길에서도 사회적 거리두기가 저절로 형성되고 있었다.

코로나19 감염병 예방의 가장 효과적인 방법이 사회적 거리두기라고 한다. 인간은 사회적 동물이라고 했다. 사람 인(人)자에서 보듯 사람은 서로 기대고 함께 모여서 사회를 이루고 살아가야 정상이다. 그런데 인사도 없이 눈길도 마주치지 못하고 살아야 하는 현실이 안타깝기만 하다. 반가운 이웃도 없고 웃음도 없는 너무나 삭막한 세상이라 불안한데, 이것은 무엇을 의미하는가? 지금의 사회적 분위기를 해석해 보건대, 지구의 종말이 오고 있다는 뜻이 아닐까? 하는 염려가 앞선다.

우리 인간이 지구상에서 오랜 세월 살아오면서 자연을 너무 많이 훼손한 것이 사실이다. 오직 인간의 편리를 위해 원자로를 만들었다. 그 결과 열을 많이 뿜어내어 공기를 오염시키고 자연을 파괴하여 이상 기후로 바뀐 것은 아닌지. 얼마나 많은 동식물을 괴롭혔고 자연을 훼손하였으며 물과 공기를 오염시켰던가? 이기적인 사람들의 행위에 말 못 하는 동식물들의 피해는 너무 극심하다. 멸종에 가까운 것이 있고 멸종 위기에 처해있는 종류도 많다.

독일은 초등학교 때부터 반드시 생태교육(生態敎育)을 한다. 그래서 환경파괴를 죄로 알고 있기 때문에 비행기 타는 것도 죄책감을 느낀단다. 비행기 운항 시에 공해 배출이 가장 많기 때문이다. 자연을 훼손하지 않는 것을 원칙으로 하는 교육을 누구나 받아야 한다는 생각이 든다.

세상 모든 이치는 준 만큼 되돌려 받는다. 우주 삼라만상도 마찬가지일 것이다. 우리가 그동안 파손한 만큼의 대가를 치러야 할 것인데 어쩌나 싶다. 지금부터라도 자연보호 운동에 세계인이 적극적으로 동참하여 더 이상의 비극을 막아야 한다.

우리는 평화를 사랑한다. 전쟁이 나면 죽는 사람이 많다. 바이러스에 감염되면 치료하여 낫기도 하지만 사망자가 생긴다. 전쟁에서 죽는 것과 바이러스 감염으로 병원에서 신음하다 죽는 것과 다르지 않다. 그러니까 지금 사태가 전쟁과 같은 고통임을 알아야 한다. 바이러스 퇴치야말로 이 시대의 평화를 유지하는 길임을 인식해야 한다. 앞으로 여러 종류의 바이러스가 발생할 가능성이 높다. 바이러스에 대한 연구에 박차를 가하여 빠른 시일 내에 백신을 만들고 치료약을 만드는 것이 전쟁에서 이기는 최선의 길이다.

코로나19 바이러스의 지역감염 차단을 위해서라도 사회적 거리 두기를 실천하는 일은 당분간 계속해야 할 것 같다. 또한 근본적인 방법은 그동안 훼손한 자연이지만 꽃 한 송이 벌레 한 마리라도 소중히 여기고 사랑하는 마음을 길러야 하겠다. 누구나 아름다운 마음을 갖고 지구를 보존하는 것이 인류가 평화롭게 사는 길이 아니겠는가.

내가 하고 싶은 일

　나는 비교적 이른 나이에 결혼하였다. 남편이 공무원이라 안정적인 가정을 꾸릴 수 있었다. 슬하에 삼 남매를 두고 평탄하고 행복한 생활을 지속할 수 있었다. 물려받은 재산은 없었지만 남편이 성실하고 부지런한 성품이어서 안심하고 행복하게 살아갈 수 있었다. 우리 가족은 큰 병치레 한번 없이 건강하게 살아가는 평범한 가정이었다. 질병이 도둑이라는데 그런 걱정 없이 살아가다니 우리는 축복받은 가정이라는 생각을 하면서 이런 행복이 영원히 지속할 것만 같았다. 그러니까 주위 사람들의 고통은 외면한 채 교만한 모습으로 살았을 것이다.

　인생이란 항상 평탄할 수만은 없나 보다. 위로 남매를 출가시키고 남편도 어느덧 정년이 다 되어가는 시점이었다. 그래서 이제 남은 삶도 평탄하리라는 자만심을 가지고 있었는데 정년 10개월을 앞둔 월요일이었다.

　그해 여름은 유난히 긴 더위가 이어지고 있었다. 아침에 출근한 남편이 밤늦게까지 돌아오지 않았다. 귀가 시간이 늦으면 반드시 연락을 하던 자상한 성격이었기에 불안한 마음으로 밤을 새우고 아침 일찍 남편 직장으로 갔다.

그의 사무실은 텅 비어 있었다. 책상 밑에 신었던 구두를 가지런히 벗어놓은 채였다. 신발을 벗어놓았으니 멀리는 가지 않았을 거라는 생각에 사무실이 있는 건물을 샅샅이 뒤졌다. 그랬더니 삼층 체육시설이 있는 욕실에 그가 쓰러져 있었다. 당장 119구급차를 불러서 병원으로 향했다. 팔꿈치 피부가 다 벗겨져 있는 것을 보니 무의식중에도 몸을 일으키려고 밤새 애쓴 모습이 역력했다. 안쓰러움에 울음이 목을 타고 넘어왔다. 의식은 잃었지만 다행히 심장이 뛰고 숨도 쉬고 있었다.

그 모습으로 응급실에 실려 갔다. 병명은 뇌출혈로 판정이 났고 왼쪽 뇌혈관이 터졌다는 것이다. 수술을 받았지만 쓰러진 지 오랜 시간이 지난 다음 발견했기 때문에 회복이 힘들다는 진단이 나왔다. 뇌출혈은 쓰러진 지 여섯 시간이 황금시간, 그 시간 안에 발견하여 처치를 받으면 건강하게 살아갈 수 있지만, 황금시간을 넘기면 사망하거나 장애인이 될 수밖에 없단다.

뇌수술이라는 것이 터진 혈관에서 흘러내린 피를 닦아내는 일뿐이다. 피에 젖은 뇌세포는 다시 재생이 안 된다. 그러니 죽은 세포는 기능을 발휘할 수 없으니까 왼쪽 뇌에서 담당했던 운동기능과 언어기능은 전부 마비였다. 왼쪽 뇌가 더욱 중요하다는 것을 느꼈다. 평상시에 좌우를 고르게 사용할 필요가 있다는 것도 배웠다.

다행히 의식은 회복되었지만 그로부터 이 년 동안 치료를 받아야 했다. 말도 못 하고 움직이지 못하는 일급 장애인으로 퇴원하였다. 병원생활을 끝내고 남편이 퇴원하던 날 주치의 선생님이 "이 환자는 더 이상 치료할 게 없습니다. 보호자가 건강하셔야 끝까지 돌볼 수 있고 환자도 명대로 삽니다." 그 말이 귓가를 맴돌았다.

나는 십오 년 동안 간병인과 함께 남편을 돌보았다. 사람은 많아도 간병인으로 적당한 인사(人事)가 없다는 사실이 안타까웠다. 사람을 관리한다는 것이 얼마나 힘든가를 알 수 있는 기회였다. 상대방의 마음을 내가 먼저 알고 있어야 남의 도움을 받을 수 있다. 간병인과의 약속은 꼭 지키고, 때로는 엄하게 대하고 또는 회유도 하면서 나는 한 분의 간병인과 12년 동안을 같이 했다. 환자는 주위의 도움이 없으면 아무것도 할 수 없는 상태로 몸이 굳어있었기 때문이었다.

그동안 지나온 세월을 생각하면 상상조차 하기 싫다. 강산이 한번 변하고도 5년을 더한 세월을 어찌 보냈는지 말이다. 처음 몇 년 동안은 세상을 잃어버린 듯 상실감으로 살았다. 거리를 걸어다녀도 발이 땅에 붙어있지 않고 공중을 둥둥 떠다니는 기분이었다. 눈앞에 벌레들이 날아다니는 환영(幻影)이 보일 때도 있었다. 정신이 나간 듯 멍한 모습으로 살았다.

다음은 내 몸이 부실해져서 잔병치레로 살았다. 이래서는 안되겠다 싶어 운동을 시작하였다. 수영으로 몸을 달련하려 했지만 내 적성에 맞지 않아서 칠 개월 만에 그만두었다. 다음은 유산소 운동인 에어로빅을 했다. 아침 일찍 동네 초등학교 운동장에서 하는 것이라 편리하게 접할 수 있어서 좋았다. 그런데 이사를 하면서 에어로빅도 그만두게 되었다. 이사한 뒤에는 운동할 기회가 없었다.

우연한 기회에 댄스를 했더니 적성에 맞았다. 여러 가지 댄스를 했는데 주위에서 소질이 있다고 칭찬이 자자했다. 댄스는 동작을 보고 따라 하는 것이라 쉬웠다. 음악을 들으면서 하는 것이니 즐거움이 갑절이었다. 십 년 동안 건강을 지키면서 유쾌하게 잘 지냈다. 건강검진을 하였는데 갑상선에 이상이 생겼다며 좀 지켜보자고 했다.

한 이년 지나서 검사하니까 결과가 안 좋아서, 수술을 하였다. 간병인은 낮 동안만 일을 하고 밤에는 나 혼자 남편을 돌보느라 밤잠을 설친 것이 병의 원인이 아니었나 하는 생각을 했다. 불안함이 몰려왔지만 어차피 생긴 병, 깨끗이 수술하고 고쳤으니 이제는 내 목숨 하나님께 맡기고 살기로 했다. 내 여생은 덤으로 산다는 생각으로 스스로 감당할 수 있는 한 남을 도우면서 살아가리라.

이제 그가 떠나고 나니 홀가분하다. 항상 묵직한 돌이 가슴을 짓누르는 기분이었는데 지금은 날개를 단 것 같이 가뿐하다. 내가 하고 싶은 일을 할 수 있다는 생각에 가슴이 벅차오른다. 길을 걷는데 '미수(米壽)출판기념회'라는 안내판이 눈에 띈다. 가슴이 뛴다.

그동안 글 쓰는 일을 한번 해보고 싶은 것이 나의 희망 사항이
었다. 지금 복지관 글쓰기 반에서 공부하는 시간이 너무나 행복
하다. 이 기쁨이 오래오래 지속하기를 바랄 뿐이다.

12월 생일

태어난 지 일 년이 되면 첫돌이라 하고 육십 년이 되면 회갑이라 한다. 회갑도 훨씬 지난 나이에 또 하나의 생일을 더하게 되었다. 해마다 돌아오는 생일이지만 올해 생일은 특별했다. 자식들이 장수 잔치를 하겠다는 것이었다.

칠순이 지난 지 십 년, 세월이 참 빠르다. 자식들은 올해 내 생일을 그냥 지나칠 수 없다고 했다. 잔치를 치르기 위해 세 자녀들이 몇 번의 모임을 갖고 치밀한 준비를 했던 것 같다. 그런 것 꼭 해야 하느냐고 말렸지만, 몇 해 전부터 마음에 두고 계획을 세워 준비해 왔으며 경비까지 마련했다고 했다. 막무가내로 말릴 수도 없었다. 먼 훗날 그들이 '우리 어머니 생일잔치 한번 멋지게 못 해 드렸어.' 하고 후회할까 봐 가만히 보고만 있었다.

생각해 보니 건강해서 혼자 자유롭게 활동한다는 자체만으로도 자녀들은 행운이라 생각할 것이다. 또 자손들 다 편안하고 식구도 늘었으니 대운(大運)이라 할 수 있겠다. 올봄에 손녀가 결혼을 하여 손녀사위도 맞이하였으니 경사가 겹친 것 아닌가?

내 친구들은 그냥 평범하게 지내는 이들이 더 많다. 어느 친구는 잔치를 하면 나이를 확인하는 것이 되니, 그냥 모른 척 지나야 하지 않겠느냐고 했다. 그렇다고 숫자가 줄어드는 것도 아닌 바에야 나는 그냥 인정할 생각이었다. 잔치하는데 참작하고자 주인공인 내 의견을 물었다.

이제까지 믿음을 가지고 생활했으니 목사님과 교인들 몇 분의 초청은 필수라고 이야기했다. 자연적으로 시작은 예배로 정하고 아들이 사회를 맡기로 하였다.

생일날 아침이었다. 희끗희끗 눈발이 흩날리는 전형적인 겨울 날씨였다. 눈 내리는 모습은 언제 보아도 아름답다. 날리는 눈이 서설(瑞雪)인가 하여 기분이 좋았다. 목사님이 예배 중에 손자 손녀가 몇이냐고 물었다. 이번에 맞이한 손녀사위까지 일곱이라고 대답했다. 그 순간 손녀사위와 눈이 마주쳤다. 우리 집 식구가 된 것에 그도 만족한 표정을 지었다.

내 생일에 친척들과 친구들이 다 모였으니 어느 때보다 마음이 흐뭇했다. 특히 조카들이 적극적으로 참석해 주어서 기뻤다. 내년에 환갑을 맞는 조카가 있다. 그녀는 이모가 초등학교 입학 때 분홍색 신주머니를 선물로 주고 시계 보는 방법을 가르쳐준 것을 평생 잊을 수가 없다고 했다. 만날 때마다 고마움을 표했다. 선물을 준 나는 전혀 기억을 못 하는데 받은 조카는 생생하게 기억하고 있다. 세상 이치가 심은 대로 거둔다고 했던가. 음식이 최고급이라서 모두 다 즐거운 표정이었다. 보통 때 못 보던 생소한 음식이라서 만족한 모습들이었다.

'내가 아들딸을 잘 키웠나?' 하고 자신에게 되물어 볼 때가 있다. '자식들에게 부모로서 부족함은 없었나?'

나는 자녀들을 엄하게 교육했다. 사랑의 표현을 겉으로 전혀 나타내지 않았다. 늘 옳고 그름을 정확하게 일러 주고 실수하면 한 번은 봐 주지만, 같은 실수를 두 번 하면 용서하지 않았다. 특히 시험문제를 한번 틀린 것은 용서했지만, 같은 문제를 재차 틀리면 반드시 주의를 주고 복습하게 해서 스스로 익히도록 했다. 자식들에게는 자애심(慈愛心)이 부족한 엄마처럼 보였을지도 모른다. 애정표현이 부족한 엄마였던 것 같아 그것이 늘 후회가 된다. 한없이 용서만 하는 엄마가 될 것을…. 내가 다시 태어난다면, 그래서 아이를 낳아 기른다면 홍시같이 물렁하고 편하게만 하는 달콤한 엄마가 되리라고 다짐해 본다.

한 아이가 잘못을 저지르면 셋 다 같이 벌을 세웠다. 그래서인지 형제끼리 싸움하는 법 없이 서로를 감싸주면서 사이좋게 지내는 모습뿐이었다. 형은 양보하고 동생은 복종하는 모습이 늘 보기 좋았다. 가정교육 때문인지 아이들은 밖에서도 남과 다투는 것을 모르고 자랐다. 그들이 언제나 옆길로 가지 않고 바른길만 걸으며 잘 자라 주었기에 나는 행복한 어미였다.

행사장에는 '어머니 존경하고 사랑합니다'라고 쓴 현수막을 걸어 놓고 멋진 감사패를 내게 안겨주었다. 감동적이며 어머니로서 자부심마저 느꼈다.

사랑하는 어머니. 늘 한결같은 사랑과 정성으로 보살펴주시고 아껴주신 어머니의 사랑에 감사드립니다. 앞으로 더욱 건강하셔서 따뜻한 웃음 오래오래 보여주시고 저희와 오래도록 함께해요. 감사합니다. 사랑합니다.

사랑하는 가족일동

지금 내 앞에는 장성한 아들과 딸이 충실한 가정을 이룬 모습으로 당당하게 앉아있다. 나는 늘 감사한다. 그들을 볼 때마다 진심으로 하나님께 감사드린다. 결코 헛되지 않고 보람 있는 삶을 살았다는 느낌이다. 마음이 편안하고 행복한 기운이 나를 온통 감싸고 있는 것 같다.

성탄 예배를 드리고 나오는데 때아닌 겨울비가 내리고 있었다. 축복이 쏟아지는 느낌이었다. 우산 없이 비를 맞으면서 걷고 또 걸었다. 항상 성탄절을 앞두고 맞이하는 나의 생일. 예수님과 같은 십이월 생이라 나는 태어나면서부터 축복을 받았나 보다.

혼자 걷는 이 순간이 쓸쓸하지만은 않다. 쳐다보기만 해도 눈이 부신 사랑하는 자녀들이 곁에 있기에, 그들이 하나같이 내게 사랑의 눈빛을 보이기에, 그리고 하나님의 무한한 사랑을 느끼고 있어 나는 언제나 행복하다. 이 행복한 마음을 글로 쓸 수 있다는 내가 대견하다고 생각할 때가 있다.

2. 아버지의 선물

아버지의 선물

　세상의 온갖 만물은 다 이름이 있다. 사람에게 있어서 이름은 단순한 호칭의 수단이 아니라 목적 그 자체다. 처음 만나서 통성명을 하고 나면 누가 누군지 구분이 되고 서로 이름을 부르면서 친근감을 느낀다.

　이름이 당사자의 운명까지 좌우한다고 믿고 있는 분들도 있다. 작명소가 성시를 이룬 때가 있었다. 1950년대 적선동에 있던 유명한 작명소를 아직도 기억하고 있다. 학생 때 친구들과 어울려서 호기심과 재미 삼아 갔었다. 그 작명소는 학교에서 가까운 곳에 있었기 때문이다. 그때 작명가의 풀이가 지금 지나고 보니 대부분 맞아떨어진다.

　이름풀이를 해봐서 나쁘다고 하면 사람들은 기왕 사용하던 것을 미련 없이 바꾼다. 일이 잘 안 되면 이름 탓을 한다. '장님 개천 나무라기'라는 생각이 들기는 하지만 바꾸면 인생이 달라지고 꼬였던 삶이 확 펴진다는데 안 할 사람 없다. 이름은 일상을 따라다니는 것인데 이왕이면 부르기 쉽고 들어서 느낌이 괜찮고 어쩐지 당사자와 어울리면 더할 나위 없이 좋겠지만 앞으로 운수 대통한다면 금상첨화가 아니겠는가?

자녀와 손자들의 이름을 지어 주는 것이 내 소임이라 생각했다. 함부로 할 수가 없어서 작명소에 의뢰하였다. 그들은 한 치의 불평불만 없이 만족하며 살고 있다.

어느 월간 문학지에 '내 이름을 말한다'는 제목으로 기획 연재하는 글을 감명 깊게 읽은 적이 있다. 내 이름 정옥(正玉)을 풀이하면, '바른 구슬'이라는 뜻이다. 바르고 둥글게, 정직하고 모나지 않게, 평범한 삶을 원해서 지어 주신 것 같다. 그러나 나름 불만이다. 깊은 뜻은 고사하고 특색도 없이 초라한 느낌이 들어서다. 일생을 갖고 살아갈 것인데 좀 더 성의 있게 지었더라면 하는 아쉬움이 남는다.

1940년 그 시절에는 여아를 낳으면 무조건 아들 자(子)자를 끝에 넣는 것이 예사로운 일이었다. 그것은 일본식 이름이다. 일제강점기였기에 그럴 수밖에 없었다. 우리 세 자매는 '자'자를 넣지 않았다. 일제강점기 막바지에 태어났는데도 그렇다. 나의 이름은 아버님이 친히 지어 주셨단다. 여학교 다닐 그 시절에는 흔한 성을 가진 학생은 똑같은 이름이 많았다. 그래서 성함 밑에 A, B, C를 넣어 구별하였다.

'남들처럼 하시지 왜 그렇게 하셨을까?' 하는 생각을 하면서 '자' 자 이름의 친구들이 부러울 때도 있었다.

지금은 이 세상 분이 아니지만 이름과 함께 항상 나를 지켜주시는 것 같다. 어릴 때를 기억해 보면 선물을 받은 적이 별로 없는 것 같다. 가난했던 그 시절 선물할 물건이 무엇 하나 있었겠나? 나와 어울린다고 생각하고 지어 주신 이름이 아버님께서 주신 가장 귀하고 큰 사랑의 선물이다. 독립 운동가는 아니지만 딸들 이름을 일본식으로 짓지 않은 숨은 애국자인 것만 같아 존경스럽다.

그분은 정이 많은 분이셨다. 어머니보다 더 자상하셨던 것으로 기억한다. 어려운 그 시절 생활하는 것조차 힘든 터라 어머님은 여자가 학교 다니는 것이 못마땅해서 월사금 한번 제때 주지 않아 뒤처지는 학교생활이 늘 우울했었다. 아들과 딸을 차별하는 모습이 역력했다. 그러나 아버님은 내가 공부하고 있을 때면 격려도 해 주시고 어깨를 다독여 주셨다. 교복 입은 모습을 보시고는 흐뭇한 표정을 지으시며 친구분들에게 자랑하시던 모습이 눈에 선하다. 성별 구분 안 하고 둘째 딸을 유난히 사랑하셨다.

비 오는 날 우산을 챙겨주는 것은 물론이고 추운 겨울에는 신발을 부뚜막에 놓아 데워 주셨다. 등굣길에 따뜻한 운동화를 신고 언덕을 내려오는 내내 온기를 느낄 수 있어 기분이 좋았었다. 학창 시절의 기억은 아직도 추억의 한 편린으로 남아 있다. 가게를 운영하여 몹시 바쁘신 와중에도 중학교 졸업식에 축하해주러 오셨고, 학부모 회의에 참석하여 딸의 기를 살려 주는 것도 잊지 않으셨다. 그렇지만 너무나 일찍 세상을 뜨신 것이 한이 된다.

아버님은 외아들로 태어나 어려움 없이 잘 지내셨다. 고향에서는 과수원과 양조장을 갖고 있었던 부농(富農)이었다. 식민 통치를 받다가 민족의 염원인 해방을 맞이하였다. 나라를 찾았다는 기쁨도 잠깐, 고향 평안도는 공산화가 되었다. 사유재산은 일절 인정하지 않고 국유화로 만드는 것이 저들의 경제정책이다. '지주(地主)는 반동'이라는 죄목으로 쫓겨났다.

자유를 찾아 삼팔선을 넘어올 수밖에 없었다. 재산은 몽땅 고향에 두고 빈손으로 내려 온 데다가 기술도 없으므로 험난한 생활 전선에서 육 남매를 키우는 삶이 얼마나 힘드셨을까? 생각하면 가슴이 저려온다. 단련되지 않은 몸으로 상점을 운영하는 일, 그 자체가 고생이었을 게다.

감당하기 힘겨우셨던지 한창나이인 사십구 세에 병으로 육 개월을 앓다가 돌아가셨다. 그때 나는 고등학생이었다. 아버지를 생각하면 언제나 교복 입은 학생 때의 내 모습과 그분의 잔잔한 미소가 떠오른다. 효도 한번 못해 본 것이 너무나 억울해서 평생의 한으로 남아 있다.

아버지를 유골로 볼 수 있는 기회가 있었다. 매장했던 아버님을 가족 납골당에 모시기 위해 봉분을 열었다. 무덤 속에서 유골이 드러나는데 사십여 년이 지났지만, 치아와 얼굴을 포함한 모든 것이 고스란히 남아 있었다. 살아계셨을 때의 모습이 겹쳐져 생시처럼 되살아났다. 수분도 없이 뽀송뽀송했다.

"아버지!"

가만히 부르며 얼굴을 두 손으로 감쌌다. 몸 전체를 안아본 기분으로 순간 짜릿한 전율이 온몸으로 느껴졌다. 쌓여있던 흙을 손으로 쥐어보니 촉감이 밀가루처럼 부드러웠다. 아! 이래서 자손들이 무탈하게 살고 있나 보다. 다시 화장을 하여 조심스럽게 납골당에 안치했다. 모든 절차를 끝내고 나니 마음이 진정되고 편안해졌다.

아버지의 선물, 그 이름 위에는 따스했던 모습이 겹쳐지면서 지금도 나를 든든히 지켜주시는 것 같다. 그립고 보고 싶은 아버지….

여동생과의 동거

오늘부터 오른손이 자유로워졌다. 그동안 너무나 불편해서 몹시 우울했다. 손이 자동차 문에 끼어 잠시 동안 지체하였다 싶었는데 금방 손등이 부어올랐다. 일요일이라 하룻밤을 지내고 병원에 가서 깁스를 했다. 순전히 나의 잘못으로 육 주 동안이나 고생했다. 오른손이라서 정말로 힘이 들었다.

하나님이 일찍이 우리 신체를 만들 때 꼭 필요하여서 만들어 주셨는데, 자신의 잘못으로 다치는 것은 우선 죄를 짓는 일이다. 자녀들에게도 걱정을 끼치니 미안하다. 이런 실수를 다시 되풀이해서는 안 되겠다. 바쁠수록 돌아가라는 속담과 같이 차분한 성품을 길러야 하겠다.

올해 내 운수가 좋지 않음을 느꼈다. 손녀가 입원하는 일부터 시작하여 동생이 갑자기 저세상으로 갔다. 한순간의 교통사고로 건강했던 사람의 소중한 목숨을 무참히 앗아갔다. 그 후에 나의 손에 상처를 입게 되었으니 불행이 겹쳐 온 것은 어쩌면 나쁜 내 운수 탓이 아닐까 고민이 된다.

지인이 이사한 집에 선물을 갖고 방문했다가 오해를 받았다. 뭔가 나의 잘못이 있었겠지 하는 생각이었지만 이 모든 것이 한순간에 일어난 일이라 감정 조절이 안 되었다.

사랑했던 동생, 이제 막 칠십을 넘긴 나이다. 실력이 출중하고 운이 좋아 성공해서 잘살고 있다고 자랑거리였는데, 갑자기 그를 잃은 내 마음은 한쪽 가슴이 잘려나간 듯 시리고 아프다. 아직도 실감이 나지 않는다. 어느 날 문득 내 앞에 나타날 것만 같다.

태어나는 것은 순서가 있지만 죽는 것은 순서가 없다고 한다. 그러나 내 앞에서 순식간에 가 버린 부정할 수 없는 현실이 너무나 애통해서 숨이 막힌다. 뭔가 나의 잘못인 것만 같다. 어떻게 할 것인가? 그런대로 참고 이겨내야 하지 않나 싶다.

이 모든 사건이 있었던 후 주변을 정리해야 할 때가 왔나 했는데 새로운 생활을 시작할 계기가 되었다. 나의 인생 여정에서 누구와 새롭게 만나서 같이 생활한다는 것은 결혼한 것 외에는 없다. 아들딸은 열 달 동안의 준비가 있고 나서 새 식구가 되는 것으로 자연적인 현상으로 받아들였다. 자녀들이 결혼을 해서 새로운 식구를 맞이했지만, 그들 모두는 분가했기에 한집에서 생활한다는 것하고는 사뭇 다르다.

팔 년을 혼자 살다 보니 참 서글프다. 밖에 나갔다 귀가하여 현관문을 열면 어둠이 앞을 가로막는다. 스산한 바람과 함께 캄캄한 속을 더듬으면 벽이 앞을 턱 막아선다. 참 묘한 기분이다. 집안에서는 말 한마디 섞을 사람이 없으니 하루하루가 쓸쓸하고 허전하다.

어느 날 문득 여동생하고 같이 살면 어떨까 하는 생각을 하게 됐다. 그녀도 홀로 살고 있었기에… 며칠 동안 서로 의견을 조정 하였다. 심사숙고(深思熟考)한 끝에 합가하기로 결정하였다. 그녀 는 십일 년 연하 동생이다. 아직은 현직에 있으니 그녀의 젊음이 나에게는 부러움의 대상이다.

따로따로 살다가 합치는 것은 무척 어려운 일이라고 주위에서 는 적극적으로 말리는 분들도 있었다. 특히 동기간은 가까운 사이 라 합치는 것이 아니라고 간곡히 충고하는 친구도 있었다. 물론 불편한 점이 전혀 없는 것은 아니겠지만, 서로 조금씩 양보하면서 진한 자매애를 느끼며 살아 보리라. 동생이지만 상대를 존중하고 긍휼히 여기면 허물은 덮어지리라. 초심을 잃지 않으면서 서로를 감싸 안으면서 살아가리라

우리 인생길에는 만나고 헤어짐이 수없이 많다. 나에게는 육십 여 년 전부터 이제껏 사귀는 친구, 십여 년을 변하지 않는 우정으 로 잘 지내고 있는 친구, 강의실이나 모임에서 자주 만나는 분들, 여러 부류의 사람이 있다. 마음을 열어놓고 이야기하면 기꺼이 들 어 주고 해결해 주는 친구들이 한없이 귀중하다. 진실한 친구 세 명만 있어도 성공한 인생이라 하지 않던가?

만나면 헤어지고. 헤어지면 다시 만나는 것이 회자정리거자필 반(會者定離去者必返) 인생길이니 만날 때 너무 기뻐하지도 말고 헤 어질 때 너무 슬퍼하지도 말자. 우리네 삶이 그런 것이려니 하지

만, 앞으로 미지수인 내 생활이 희망의 빛으로 다가온다.

천성이 착한 여동생이다. 나와 같이 합쳐도 잘 맞을 것이다. 나의 생활이 미지수이지만 그동안 힘든 일들을 잘 견뎌냈으니 이제는 순탄하게 잘 풀릴 것이다.

넷째로 태어나

세상 만물은 생성과 소멸이 있게 마련이다. 그러다 보면 자연히 순번이 정해진다. 첫째, 둘째가 정해지지만 자신이 마음대로 순서를 고를 수는 없다.

우리나라 역사를 보면 첫째인 장자의 권리는 대단했다. 왕실에서는 첫 번째 왕자만이 용상에 앉을 수 있었다. 그 왕자가 아닌 다른 왕자가 출중하면 궁중에서 비극이 일어나기 마련이다. 장자로 태어난다는 것은 행운이지만 동생보다 모자란다고 느끼는 형은 자신의 권리주장을 못한다고 생각해서 고민이 많았을 게다.

이토록 처음이라는 것은 대단히 중요했다. 보통 가정에서도 장남이 부모의 재산을 몽땅 물려받을 권리가 있었다. 물론 지금은 모든 자녀들이 똑같이 부모님 유산을 나누어 갖는 법을 제정했다. 이런 평등한 권리가 생긴 역사는 얼마 되지 않는다.

내가 자란 환경도 마찬가지다. 나는 우리 집에서 네 번째이다. 위로 오빠 두 분, 다음은 언니이고, 그리고 남동생과 여동생 이렇게 육 남매 속에서 자랐다. 남자가 우위였던 육십여 년 전의 이야기다. 그 어려웠던 시절에 나는 늘 편파적인 취급을 받으면서 자랐다. 여자가 하대 받는 속에서 네 번째인 나는 한의 응어리를 키워가며 살았다.

가세가 넉넉하지 못한 터라 늘 학자금이 부족했다. 매달 주는 월사금은 제일 먼저 큰 오빠, 그다음 작은 오빠, 언니까지 차례로 받고 나면 그때부터 나는 초조하게 기다려야 했다. 그런데 그 네 번째 월사금을 받는 것도 내가 아니고 남동생이었다. 남자가 우위인 시절이었으니까.

다섯 번째도 내 차례는 아니었다. 여동생은 막내니까 귀염둥이라서 마냥 기다리게 할 수 없었다. 제일 끝에 받는 것이 의례 넷째인 나였다. 그래도 불평 한번 못하고 애태우며 한없이 기다려야만 했다.

생활 형편이 어려웠던지라 육 남매 모두에게 학자금을 한꺼번에 줄 수는 없었다. 그래서 우리는 여유가 있을 때마다 학비를 받는 형편이었다. 나는 중간고사, 기말고사 때까지 항상 미납자가 되곤 하였다.

그 시절에는 담임선생이 월사금 거두는 일까지 할 때였다. 월사금을 기한 내에 납부해야 정상인데, 그러지 못한 탓에 늘 주눅 들어 지내야 했다. 밀린 월사금 때문에 담임에게 문제 학생으로 찍히기 마련이었다. 친구들은 다 시험공부에 열중하고 있을 때 나는 교무실 담임선생 책상 앞에서 무릎을 꿇고 벌을 서야만 했다. 왜 학생인 내가 월사금 미납으로 벌을 받아야 하는가? 서럽고 억울했다. 그리고 교무실에 계신 선생님들을 보기도 창피했다.

감수성이 예민한 여학생 시절 내 모습은 초라하기 그지없었을 게다. 자존심 상하는 일이기도 했다. 그렇다고 학교를 그만둘 생각은 전혀 하지 못했다. 성격은 점점 어두워져 갔지만 세월이 지나면 내게도 좋은 시절이 오리라는 희망을 잃지 않고 살았다. 그 시절 귀한 대접을 받는 첫째가 부러웠고 사랑을 듬뿍 받는 막내가 한없이 부러웠다. 앞쪽에서도 중간이고 뒤쪽에서도 중간이 되는 넷째는 하찮은 존재일 뿐이었다.

편파적 사랑을 주는 것은 어머니가 더 심했다. 아버지께서는 차례 관계없이 딸들을 사랑하셨다. 나에게는 영리하다며 특히 사랑을 주셨다. 중학교 합격자 발표를 친히 보러 와서 축하해 주시던 기억이 새롭다. 그러던 아버지께서는 고등학교 일 학년 때 갑자기 돌아가셨다. 그로부터 나는 더욱 외로웠다. 세상 누구도 내 편은 없었기에 용돈은 자신이 해결하면서 열심히 살았다.

어머니란 말은 세상에서 가장 아름다운 단어로 꼽는다. 나는 솔직히 어머니는 단어로만 좋아하고 실제 사랑을 주던 어머니의 모습은 떠오르지 않는다. 너무나 아들만을 사랑했던 어머니였기에….

지금 나에게는 세 자녀가 있다. 그들에게 사랑을 똑같이 나누어 주려고 항상 부단히 노력했다. 지금 그 아이들이 집안 대소사를 똑같이 나누어 하면서 불평 없이 서로 간에 친밀하게 지내는 모습을 보면 내 노력이 헛되지 않았음을 느낀다. 결혼하여 어머니가 된 지금도 어린 시절 내 어머니를 도무지 이해할 수 없었다. 언젠가 집에 오신 어머께 나도 자식인데 왜 그토록 무관심했냐고 물었더니 하시는 말씀이 신경 안 써도 뭐든 혼자 잘 해결하기 때문이란다. 나의 빈틈없는 성격 탓이란다. 어린 시절 사랑을 베풀어주는 애잔한 어머니의 모습을 기억하고 싶은데….

여느 집에서는 딸이 아기를 출산하면 친정어머니가 산후조리를 해 주셨다. 내게는 그런 애틋한 추억이란 것도 없다. 그래서 항상 아쉬움으로 남아 있다.

이제 내가 돌아가신 어머니 나이가 되고 보니 효도 한번 제대로 한 적이 없었던 것 같다. 살기 바빠서 늘 미루기만 했다. 어머니가 출가한 딸인 내 집에 자주 오셨던 기억이 떠오른다. 나를 사랑해서 보고 싶으셨던 것일까? 넷째로 클 때 무관심했던 모습은 당신의 딸에 대한 독특한 사랑 법이었나 보다.

사랑은 냄새도 없고 맛도 모르며 빛깔도 없고 모양이 어떤지도 모른다. 어머니의 나에 대한 사랑은 관심을 두지 않는 것, 그래서 내가 일찍 자립할 수 있도록 하는 것이 사랑 표현이었는지 모른다. 신은 모든 사람들에게 일일이 사랑을 줄 수 없어 어머니를 대신 세상에 보냈다고 하지 않던가? 세상 모든 어머니는 햇빛이 대지를 비추듯 모든 자녀를 사랑으로 물들게 한다.

언제 어디서나 어머니를 생각하면 코끝이 찡하다.

특별한 효도

유월 삼 일 아침 날이 흐렸다. 오후가 되자 기다렸다는 듯 장대 비가 계속 쏟아졌다. 코로나19 백신 맞는 날. 나이 많은 세대에게 우선권을 주고 순차적(順次的)으로 백신을 맞도록 한 것은 참으로 반갑고 감사한 일이다. 처음이라 실험 대상이 되는 것은 아닌가 하는 생각도 들었지만 지금 코로나19 바이러스가 세계 어디든지 무서운 속도로 퍼지고 있다. 공포의 대상이 아닐 수 없는데 대항 할 수 있는 힘은 백신을 맞아서 면역을 갖는 것이 최선의 방법 이다. 국가에서는 감염병에 취약한 노인들을 대접하는 느낌이어 서 흐뭇하다.

막내아들이 직장을 조퇴하고 케어하러 왔다. 그동안 뉴스에 기 저질 환자는 위험하다는 기사를 보았기 때문에 자녀들은 물론 나 도 긴장이 되었다. 주사 맞는 시간은 오후 2시다. 아들 차를 타고 차창에 흘러내리는 빗줄기를 보면서 정해진 장소에 도착했다.

예약된 시간보다 미리 가는 것이 한가하고 편하다는 친구의 권 유를 받았다. 그런데 백신 접종 장소인 구민체육센터에는 노인 행렬로 가득했다. 특히 남성들이 많았다. 인구조사 통계로는 여자들이 더 장수한다는데 이제는 남녀가 다 같은 수준으로 장수하고 있다는 느낌이다.

약속 시간 한 시간 전에 갔으나 모인 분들 모두가 나와 똑같은 생각을 했나 보다. 인원이 많다 보니 마치 시험을 치르려 온 학생들 같았다. 안내하는 분의 지시에 따라 일사불란하게 움직여야 했다. 첫 관문인 입구에서 주민등록증을 제시하고 자동장치로 열을 잰 다음 통과시켰다. 번호표를 뽑고 기다리다 순서대로 문진표를 받아서 과거병력을 기록했다. 재차 열 체크하는 이곳에는 상담사가 대기하고 있었다. 열이 있으면 통과하지 못한다. 상담사의 지시대로 귀가시켰다.

여자 몇 분을 돌려보내는 모습을 볼 수 있었다. 좀 전까지 괜찮았는데 갑자기 열이 있다니 어쩔 수 없다는 표정으로 돌아가는 모습이 안쓰러웠다. 나도 살짝 긴장이 됐지만 무사히 통과했다. 번호표를 다시 받고 기다렸다. 칸칸이 막은 장소에서 의료진이 주사 놓을 준비를 하고 기다리고 있었다. 순서가 되어 칸막이에 들어갔더니 "따끔할 겁니다." 하는 간호사의 상냥한 말과 함께 주사(백신)를 놓았다.

이제 끝났나 싶어 한숨 돌리려는데 안내원 한 분이 옷에 번호표를 붙여주었다. 화면이 보이는 넓은 장소를 가리키면서 그곳에서 대기하라고 했다. 곳곳에는 안내원들이 포진하고 있었는데 매우 친절했다.

들은 이야기로는 안내원은 모두 자치센터 부녀회원들로 구성된 봉사단체에서 온 분이란다. 고맙다. 이름도 없이 빛도 없이 봉사하는 저분들이 있어 톱니바퀴가 맞물려 돌아가듯, 우리 사회가 전반적으로 온전하게 발전하고 있다. 최선을 다해서 봉사하는 모습은 들에 핀 한 송이 꽃처럼 아름답고 향기로웠다.

십오 분을 반드시 머물러야 했다. 그동안 이상 유무를 살핀 다음 이상이 있으면 119구급대원의 안내를 받아 병원행이지만, 15분이 지나면 이름이 화면에 뜨면서 귀가시켰다. 앞자리에 앉아 뚫어지게 화면을 바라보면서 내 이름을 찾았다. 학생 때 입학시험을 치르고 나서 합격자 명단에서 내 이름을 찾듯 가슴이 두근거렸다. 몇십 년 전 추억이 아련히 떠올랐다.

비는 계속 내렸지만 운동선수가 시합에서 승리하고 난 기분이랄까? 귀갓길은 큰일을 마무리 지은 것처럼 가뿐했다. 아들과 함께 한 시간은 꿈결이었다. 밤사이에 열이 나면 어떻게 하나 걱정된다고 하룻밤 내 곁을 지키는 아들의 효심이 고맙다.

백신 효과가 나타났다. 밤이 되니 어지럽고 미열이 났다. 딸의 권유로 준비해둔 해열제를 복용했다. 삼십 분이 지나고 나니 증상이 완화되어 편히 잠들 수 있었다.

낮에 백신 맞는 모습을 찍은 막내가 걱정하는 제 형과 누나에게 메일로 보냈단다. 자녀들은 백신 맞는 어미 모습을 지켜보면서 아무 일이 없기를 기도했으리라. 자녀들의 정성이 가득한 보살핌, 특별한 효도를 받은 양 행복하기만 하다.

태몽

    또래들보다 키가 작은 막내를 초등학교에 입학시키고 마음이 놓이지 않았다. 남자아이라 힘센 동급생이 괜한 트집을 잡아 싸움을 걸어 올 것 같아 불안했다. 물정 모르는 어린이들이라 약해 보이면 집단 따돌림이라도 하지 않을까 전전긍긍했다.

    나는 학습에 필요한 준비는 물론 숙제도 꼬박꼬박 돌봐 주면서 성의를 다 보였다. 공부 못해서 왕따 당하지 않게 잘할 수 있는 여건을 만들어 주었다.

    어느 날 학교에 한번 다녀가라는 선생님의 연락을 받았다. 무슨 일인가 싶어 한걸음에 달려갔다. 퇴근이 임박한 조용한 시간이었다. 선생님은 의자를 권하면서 차분한 음성으로 그동안 의아했던 점을 물었다. 시험을 치르고 나면 성적이 좋은 학생은 표창장을 주는데 우리 막내는 상을 받으면서도 얼굴은 늘 잔뜩 화난 모습이었다고, 그래서 너무 궁금하였단다. 혹시 불우한 환경에서 자라는 건 아닌가 걱정하는 눈치였다.

    나는 집에 돌아와서 막내에게 학교에서 상 받을 때 기쁘지 않았냐고 물었다. 엄청 기뻤지만 상을 타지 못한 친구들 생각을 하면 웃을 수가 없었단다. 겉으로는 굳은 표정을 했지만 속으로는 무척 기뻤다고 했다. 이제 겨우 여덟 살 어린 것이 이렇게 속이 깊은가 하여 감동을 받았다.

그 아이는 중고등학교를 평범한 학생으로 자랐다. 대학을 정할 때 아들은 문과를 원했지만 내 말대로 이과를 택했다. 적성에 맞지 않아서 엄마를 원망하면 어쩌나 걱정했으나 장학금을 받아서 나를 안심시켜 주었다.

군 생활 중에는 병영에서 글짓기대회만 하면 상을 받아 포상 휴가를 나오곤 했다. 군에서는 훈련성적으로 포상을 받아야 하는데 글을 잘 써서 휴가를 받는다는 것이 좀 생소하지만 나는 문무 양쪽을 겸비한 것 같아 흐뭇했다. 이과를 공부했지만 밑바탕에는 문과의 소질이 깔려있었다.

전공을 살려 통신병으로 군생활을 무사히 마쳤다. 제대한 그 이듬해 취직시험을 치르는데 어디든지 합격이었다. 국가 기관에만 두 군데 합격을 했다. 어디로 정해야 할까 행복한 고민을 하였다.

지금은 서울시 공무원으로 재직 중이다. 그동안 절차를 밟아 진급하였고 정해진 길을 잘 가고 있다. 며칠 전에 서울특별시장 표창장을 받아 왔다.

평소 근무성적이 우수하고 맡은 바 직무를 성실히 수행해 왔으며 업무

추진에 기여한 공이 크므로 이에 표창합니다

글솜씨가 좋은 것은 기안(起案) 작성하는 데 큰 힘이 되었고 자신보다 상대방을 먼저 배려하는 마음은 우수한 공무원이 될 기질이 있었나 보다. 아이를 가졌을 때의 일이 머리를 스쳤다.

논둑길을 걷는데 짙은 남색 꽃이 핀 커다란 난초가 있어서 뿌리째 캐서 치마폭에 싸갖고 누가 볼세라 급히 집으로 왔다. 이것이 막내의 태몽이었다.

난초는 나라를 상징한단다. 고려말 충신 정몽주의 어머니가 깨진 화분에 심은 난초꽃을 태몽으로 꾸고 아들을 잉태하여 낳았다. 깨진 화분이 나라를 상징했다. 고려가 망하고 새로 나라를 세운 태조 이성계, 그의 아들 이방원이 〈하여가〉로 그를 회유했지만 이에 굴하지 않고 〈단심가〉로 굳은 절의를 보임으로써 끝내 이방원의 무리에게 무참하게 죽임을 당하고 말았다. 그리하여 여말 충신이 된 정몽주의 초명은 몽란(夢蘭)이었다.

나도 막내의 태몽이 난초꽃이라 국가 공무원이 되었을 것이라는 추측을 해본다. 꿈이란 우리에게 어떤 의미일까. 잠재된 욕망이 무의식중에 나오는 현상일까? 아니면 미래를 예측할 수 있도록 신이 던져주는 능력일까? 후자로 생각하고 싶다.

삼 남매 모두가 태몽이 확실하다. 첫 딸은 맑은 호수에 뽕잎이 떠 있었는데 그 위에 빨간 앵두가 얹혀 있었다. 그래서인지 딸은 미인 소리를 듣는다. 첫째 아들은 하늘에서 땅으로 드리워진 나무에 달린 과일을 따서 보니 복숭아였다. 하늘에서 내린 천도 때문인지 첫째는 학교 때 공부를 전교 수석만 하여 제 어미의 기를 한껏 살려 주었다.

그러고 보니 모두 다 식물이 아닌가? 땅에 뿌리를 내리는 식물은 비 오고 바람 불어도 견디면서 잘 자란다. 식물의 강인한 특성을 닮아서 건강하게 잘 자라 주었나 보다. 지금도 걱정 없이 살고, 막내는 표창장까지 받으면서 나를 기쁘게 한다.

확실한 태몽으로 태어난 자식들이다. 그들이 행복한 가정을 이루고 평범한 사회인으로 살고 있어 감사하다.

내가 주인공이어야 한다는 게 세상 이치다. 상대방을 밟고 이기려고만 한다. 지는 것이 이기는 것이라는 옛말이 있다. 지금 내 소망은 그들이 져 주는 법을 배웠으면 싶다. 한 걸음 양보하는 것이 얼마나 아름다운 것인 줄 알았으면 좋겠다.

평범한 가정에서 태어나 굴곡 없이 살아온 그들이 소외된 어두운 곳을 밝히는 빛이 되기를 희망해 본다.

유년의 아픈 기억

　나는 실향민이다. 내 고향은 평안남도 개천군 개천면. 칠십여
년의 세월이 지났으니 지금은 산천도 변했고 지명도 바뀌었으리
라. 탄광촌이 있어서 외지에서 몰려드는 광부들이 많았다는 어른
들 말이 생각난다. 여러 지방에서 모인 사람들 때문에 민심이 후
덕한 편은 못 되었다. 그 때문에 본고장 사람들도 성격이 강인한
편이었다. 각자 사정에 따라 이남으로 이주했어도 꿋꿋하게 잘 사
는 편이다. 이북 5도민회에 참석해 보면 개천 분들이 기부를 많이
한다.

　1945년 8월 15일 광복 당시 우리 아버지는 땅 많은 지주였다.
해방의 기쁨도 잠시뿐 북쪽의 민심은 점점 흉흉해져 갔다. 빈부
차이 없이 인민 모두를 잘살게 한다는 공산주의자들이 정권을 잡
았기 때문이었다. 다 같이 잘 살려면 우선 지주들의 땅을 정부에
다 바쳐야 했다. 우리 집 재산은 모두 정부에 귀속되었다. 집에서
농사를 하던 머슴이 붉은 완장을 차고 들이닥쳐 가재도구를 모두
실어갔다. 땅주인은 부르주아라는 명목으로 죄인이 되고 말았다.

우리 식구는 노상에 나가 앉을 판이었다.

당시 오빠 두 분은 서울에 있었다. 큰오빠는 일제강점기에 평양사범을 졸업하고 서울의 아현초등학교에 막 발령을 받아 근무하고 있었고 작은 오빠는 양정중학교 학생이었다. 고향에는 부모님과 언니, 동생, 나까지 다섯 식구가 살았다. 아버지는 의식주 걱정 없이 풍류를 즐기면서 한가하게 살던 분이라 겁먹은 표정으로 안절부절 못하는 모습이 안쓰러웠다. 그때 아버지 연세는 38세였다. 지금 생각하니 한참 젊은 나이였다. 며칠 전까지 소작인이었던 사람들이 방안을 뒤지고 분탕질하는 것을 못 견뎌 하셨다.

1947년 이른 봄 숨겨 두었던 패물을 몽땅 지니고 고향을 떠나 평양시의 이모 댁으로 갔다. 이모부는 만주에 살다가 해방이 되자 평양으로 와서 북한 정권의 고위 공직자가 되었다. 아버지께서는 이모부와 며칠을 의논하셨는데 아들들이 있는 서울로 가라고 권하시더란다. 그러면서 이남으로 가는 경로를 친히 알려주셨다. 아버지는 이모부의 조언대로 이남으로 갈 결심을 굳힌 듯 결연한 표정이었다.

이모 댁에서 한 달 정도 묵었던 것 같다. 날을 정하여 평양을 떠나 한나절 기차를 탔다. 낯선 곳이었지만 내려서 어느 집에 찾아 들어갔다. 이모부의 지시대로 하였을 것이다. 아버지는 주인을 만나 사정 이야기를 하였더니 거부감 없이 받아 주었다. 그런데 방에 들어가서 보니 벽에 인민군 군복이 걸려 있어서 겁이 났다. 우리 행색을 보고 삼팔선을 넘어가는 피난민인 줄 알고 있을 텐데, 주재소에 신고하면 어떻게 하나 걱정이 되었다. 그러나 그런 일은 일어나지 않았다. 그곳은 이남으로 가는 이주민들에게 대가를 받고 안내자를 소개해 주는 곳 중의 한 집이었다.

주인을 찾아서 안내자를 구해 달라고 부탁했다. 그들에게 대가로 지불하는 것은 금이나 은 같은 패물이었다. 남과 북이 다른 세상이니 화폐가 통할 리가 없지 않은가. 주인은 방 밖으로는 절대 나오지 말고 숨어 있으라고 했다.

이틀을 묵고 사흘째 되는 날 밤, 어둠을 이용해서 안내자가 지시하는 대로 따라 걸었다. 생판 모르는 캄캄한 길을 어린아이들을 이끌면서 가는 길이 오죽했을까. 영화 한 편 찍는 기분이었을 것이다. 밤새 걷고 희끄무레하게 밝아오는 새벽이 되었다. 기진맥진하여 보니 안내자는 없고 어제저녁 떠난 곳에서 멀지 않은 지점에 우리 식구만 덩그러니 마주하고 있었다. 안내하는 분의 걸음을 따르지 못한 우리 잘못이라는 생각뿐이었다.

어제 그 집을 찾아가서 사정 이야기를 했더니 안내자를 붙여 줄 테니 다시 대가를 지불하라는 거였다. 그런 일이 몇 차례 반복되어 갖고 있던 패물이 바닥이 났다. 아버지는 초조함에 얼굴은 잿빛이 되어 안절부절못하셨다. 더 이상 가진 패물이 없다는 것을 알아차렸는지 몇 번의 실패 끝에 삼팔선을 넘을 수 있게 해 주었다.

밤새 얼마나 걸었을까. 새벽에 어느 농부를 만나 길을 묻던 아버지가 남한이라는 말에 너무 기쁜 나머지 덩실덩실 춤추던 모습이 어제인 듯 눈앞을 스친다. 지금 생각해 봐도 감격스러워 눈물이 흐르고 목이 멘다. 주민들이 피난민 수용소를 안내해 주었다. 그곳에서 멀건 국물에 감자와 당근 몇 조각을 넣고 밥알을 띄운 카레를 먹었다.

서울에 있는 오빠를 찾아가야 하는데 차비가 없었다. 어머니가 광목천을 갖고 온 것이 있어서 그것을 팔아서 차비를 마련하여 수용소를 떠나 서울로 갔다. 그때 우리의 행색은 완전 거지였다.

큰 오빠가 교사라는 온전한 직장이 있었기에 우리는 어렵지 않게 집을 구할 수 있었다. 나가야 집이라고 부르는 일본식 다세대 주택인데 옆집과 벽을 공유하였기에 소음 관계로 불편했다.

그때의 추억 한 토막이 떠오른다. 남정국민학교에 다니는 어느 여름날이었다. 길에 영구차가 지나가고 흰옷 입은 군중들이 많이 뒤따르고 있었다. 1949년 6월 26일 백범 김구 선생의 장례 행렬이었다.

부모님은 원효로 시장 노점에서 건어물 장사를 하였다. 큰오빠의 교사 월급을 아끼고 아껴모았다. 그렇게 하여 1950년 청파동에 어엿한 단독주택을 장만하였다. 적산가옥이었는데 매년 할부로 집값을 갚아나가는 좋은 조건이었다.

일요일인 6월 25일을 이사하는 날로 정했다. 이남으로 이주한지 삼 년 만에 마당 넓은 일본식 집을 구입한지라 벅찬 기쁨을 삭이면서 이삿날만을 학수고대했다. 그런데 이삿날이 6·25전쟁이 나던 바로 그날일 줄이야. 이사를 하고 이삿짐도 풀지 못했다. 일요일이라 전쟁이 난 줄도 모른 채 하루가 지났다. 오빠들이 직장과 학교에서 전쟁 소식을 듣고 우리에게 알려 주었을 때는 공포 속에서 벌벌 떨어야 했다. 사흘 뒤인 28일 오빠들은 남쪽으로 떠났다. 목적지도 없고 기약도 없는 이별을 하게 되었다.

우리 삼 남매와 부모님은 이듬해 일사 후퇴 때 부산으로 피란을 갔다. 기차 지붕 위에 겨우 자리를 잡았다. 이불을 둘러쓰고 인절미를 먹으며 십사 일이나 걸리는 지루한 피난길이었다.

부산에서는 공원 빈터에다 판잣집을 짓고 살았다. 그곳에는 각지에서 온 피난민들만 모여 살았다. 방 두 칸에 부엌 하나 짓고 최저 생활을 하였다. 모두 고향을 두고 온 같은 처지인 타향살이라 동질감이 있어서 친척같이 친하고 사이좋게 살았다. 가까이에 시장이 있어서 부모님은 모퉁이 한쪽에 조그만 가게를 운영하여 생계를 유지했다. 부산 피란 시절 작은 오빠가 서울대학교 의예과에 합격하여 플래카드를 걸고 환영했던 기억이 떠오른다.

1953년 7월 27일 삼 년 동안의 한국 전쟁은 임시 휴전이 되었다. 우리는 수복된 서울 집으로 돌아왔다. 1953년 10월이었다. 오빠도 전쟁 나던 날 이사했던 청파동 집으로 돌아와서 함께 모일 수 있었다.

청파동 집은 뒷마당이 넓어서 감자, 토마토를 심었고 한쪽에 닭장을 만들어 닭을 키워서 달걀도 맛볼 수 있었다. 대문 앞에 가게가 있어 담배, 찬거리, 과자, 연탄까지도 판매했다. 편리한 동네 구멍가게였다. 우리 형제들은 청파동 집에서 학교에 다녔다. 출가

한 뒤에는 이 집에서 아버님 초상도 치렀다. 방이 넷이나 있는 큰 집이었다. 부모님이 처음이자 마지막으로 장만한 집이었다.

집을 나와 조금만 걸으면 효창공원이었다. 그곳에 오르면 가슴 속이 확 트이면서 온갖 시름이 사라지곤 했다. 학교에서 잔디 씨를 모아오라는 숙제가 가끔 있었다. 잔디가 널리 깔려있는 공원이라 허리를 굽히기만 하면 삐죽이 올라온 줄기를 훑어 씨를 모을 수 있었다. 까만 씨가 손바닥에 오롯이 모이니 잔디 씨 모으는 숙제는 신선놀음이었다.

언젠가 그곳을 찾았더니 오래된 집들이 다닥다닥 붙은 낙후된 동네가 돼 있었다. 사춘기의 꿈을 키운 고향 같은 마을. 어쩐지 마음 한구석에 찬바람이 일었다. 새봄이 오고 있다. 나 어릴 때 살던 곳, 청파동에 가서 옛 친구라도 찾으면 추억을 이야기하리라.

영원한 이별

인생은 어디서 왔다가 어디로 가는가? 우리네 삶이 허무하다고 하지만 나는 그런 것은 글로만 읽었지 실제로 경험하지 못했던 것이 사실이다. 사랑하는 반쪽을 저세상으로 보내면서 실제 피부로 느꼈다.

남편은 오랜 병고 끝에 가셨지만 죽음이란 것이 예고 없이 닥친다는 사실 또한 새롭게 터득했다. 십오 년의 긴 세월이지만 잔병치레 한번 안 하고 너무도 평온한 모습으로 지냈다. 참으로 하루같이 지나갔다는 생각이 든다. 자유롭게 활동을 못 하였기에 언제든 갈 수 있다는 예감은 갖고 있었다. 죽음을 항상 안고 지냈다는 것이 솔직한 심정이다. 늘 예비하고 있기는 했지만 그렇게 갑자기 한순간에 가실 줄은 전혀 예상하지 못했다.

지난여름부터 기운이 쇠잔하여 졌다는 느낌은 들었다. 추석 같은 명절에는 손자녀들의 재롱을 보며 함께 앉아서 웃음꽃이 피는 즐거운 시간을 보내는 것이 예삿일이었다. 그런데 그날은 앉아 있기 힘들다며 침대에 눕고 싶다고 했다.

‘뭐 그럴 수도 있겠지.’ 별다른 느낌 없이 받아들였다. 그동안 식사 한번 거르지 않고 꾸준히 잘하셨고 특별히 이상한 징후를 발견하지 못했기에 가을도 잘 넘길 줄 알았다. 적지 않은 세월을 살았지만 몇 년 동안 꾸준히 병자를 간호해 본 것도 처음이었고 생을 다하는 모습을 끝까지 지켜본 경험도 없었다. 그러나 우리가 흔히 말하기를 죽을힘을 다한다는 말이 있듯이 표현도 잘 못 하고 몸도 자유롭게 움직이지 못하면서 죽음을 맞이하는 자신은 얼마나 힘들고 괴로웠을까 하는 생각에 가슴이 먹먹해 오며 숨이 멎을 것 같았다.

그날도 평범한 날이었다. 시내에 일이 있어서 외출했는데 집에 있던 간병인이 환자가 좀 이상하다는 전화를 했다. 나는 서둘러서 귀가했다. 왠지 새로운 음식을 만들어 드려야만 할 것 같은 예감이 들어 몇 가지 식품을 사 들고 급히 귀가하였다. 우선 남편의 표정을 살펴보니 누워있지만 힘들어하는 모습이었다.

귀가 때 구입한 식품으로 급히 죽을 쒀 갖고 갔더니 두 수저를 드셨다. ‘곡기를 아주 끊어야 가신다는데….’ 혼잣말을 하며 안심을 했다. 그런데 한 시간 정도 지나니까 표정이 흐트러지기 시작했다. 뇌출혈로 쓰러진 남편을 오랜 세월 동안 간병했지만 이제 죽음의 순간 앞에서 내가 해 드릴 수 있는 것이 아무것도 없다는 사실에 절망할 수밖에 없었다.

화톳불이 사위어 가듯 꺼져가는 모습, 저절로 스르르 감기는 눈은 이 세상과 단절의 표징이었다. 점점 식어가는 몸을 어루만지니 가슴과 가장 먼 쪽 다리부터 차갑게 식어가고 있었다. 몸의 기관이 점점 기능을 멈추고 있음을 느꼈다. 흙으로 돌아가는 모습을 끝까지 지켜보게 되었다. 눈은 감았는데 입이 벌어져 있었다. 얼른 턱을 올려 입을 다물게 하였다. 하나도 흐트러지지 않은 근엄한 모습이었다. 그 모습을 보면서 이것이 자연의 이치라고 생각했다.

우리 모두는 누구나 겪어야 하는 예견된 사실 앞에 숙연해질 수밖에 없다. 숨소리도 차분하게 너무나 곱게 잠이 든 것 같이 편안하게 누워계셨다. 그 모습 그대로 숨이 잦아들었다. 나는 순간 몸에서 힘이 쭉 빠져나가는 느낌이었다. 그의 죽음 앞에서도 두려움조차 느끼지 못했다. 모든 생물은 생체에 기운이 전부 소진되고 나면 생을 마감하게 되는 것이구나 하는 자연의 섭리를 몸소 깨달았다.

세상에 영원한 것은 없다. 회자정리(會者定離) 만나면 반드시 헤어지게 된다는 뜻의 고사성어가 떠올랐다. 인생길을 걸어 수없이 많은 헤어짐이 있었지만 이별은 언제나 슬프고 고통스럽다. 사십육 년 동안 함께 했던 세월이었다. 그와 함께 부부로 살아온 세월 중 삼 분의 일은 병환 중에 있었지만, 힘들고 지루하다는 생각 없이 지냈다. 어느 친구는 "너니까 견딜 수 있었어." 하는 위로의 말을 하지만 그건 아니다. 누구나 그런 처지가 되면 다할 수 있다고 믿는다. 밑바탕에 사랑이 깔려있으니까,

부부란 사랑으로 맺어진 사이가 아니던가? 사랑은 오래 참고

온유하며 자기의 유익을 구하지 아니하며 모든 것을 참고 믿으며 견디어낸다. 모질고 긴 세월이었지만 사랑으로 그 모두를 감싸며 이겨냈다. 그와의 이별 앞에 나는 눈물도 흐르지 않았다. 눈물 없는 영원한 이별이 되고 말았다.

　남편의 죽음 앞에서도 슬픔을 삼키며 담담할 수 있었던 것은 인간은 자연으로 돌아가는 것이 순서이며 자연의 이치에 순종하는 것만이 순리라는 생각에서였다.

　'여보 영원한 안식처인 그곳에서는 정상적인 모습으로 건강하게 잘 지내시오.'

　그를 위해 조용히 명복을 빌어드린다.

성묘

　남편 산소에 성묘를 하러 갔다. 벌건 흙무덤이었던 모습이 어느새 잔디가 파랗게 살아나 보기 좋게 변해 있었다. 파주 동화경모공원, 그곳에는 나뭇잎들이 서서히 붉은색 노란색으로 물 들어가고 있었다. 비가 온다는 일기 예보가 있었지만 내가 간 그 시간에는 맑은 하늘에 기러기가 떼 지어 날아가고 있었다. 파란 하늘이 멀리 보이는 한적한 가을 날씨였다. 마치 남편이 나를 보고 반기는 듯했다. 그가 환하게 웃으실 것만 같았다.

　결혼할 때는 백년해로를 약속하지만 부부가 한날한시에 죽는 것은 사고를 당하지 않는 한 쉽지 않은 일이다. 부부의 사별은 가장 슬픈 일이라고 세상 사람들이 말한다. 부부간의 영원한 이별이 서럽다고 말할라치면 가슴이 저리다 못해 먹먹해 온다.

　가는 세월이 아쉽다고들 한다. 시간은 앞으로만 가고 뒤로 물러서는 법이 없다. 그래서 가는 세월을 쏜 화살이라고 하는지 모르겠다. 그동안 남편 없는 것이 이런 것이구나 하면서 정신없이 살아온 것 같은데 이제는 하루하루 지나는 것이 익숙해지면서 나름대로 정리도 되는 것 같다. 사람은 환경에 적응해 가면서 사는 것이 당연한 이치다. 그러나 어느덧 익숙함에 길들여지는 듯해서 편하기도 하지만 나태해질까 불안하다.

늙으면 남편은 필요 없는 존재라는 말이 있다. 그렇지만 나는 나이 많은 부부가 해로하는 모습을 보면 부럽다 못해 존경스럽다. 젊어서 서로 사랑하는 마음이 합쳐져서 결혼을 하고 행복하게 사는 것이 인생의 참맛이다. 함께 몇십 년을 살다 보면 어찌 좋은 날만 있었을까. 고통의 나날들도 있었겠지만 서로 협력해서 인내하면서 어려움을 헤쳐나가는 것이 우리네 인생살이인 것을. 부부도 그러하다.

내가 만일 혼자서 살아왔다면 세상이 삭막하고 너무나 외로워서 못 살았을 것만 같다. 결혼하여 아이를 낳고 살면서 기쁨과 괴로움이 교차하면서 살아왔고 이제는 그들이 어른이 되어 한 가정을 이루고 행복하게 사는 모습 자체가 나의 기쁨이다. 이 모든 것을 나 혼자 누린다는 것이 가슴 시린 일이 아닌가? 물레방아처럼 돌고 도는 것이 세상 이치다.

내가 걸어온 인생길을 나를 닮은 자손들이 따르고 있다. 색깔은 다르지만 내가 걸었던 그 길을 가고 있는 것을 보면 참으로 신기하기만 하다.

나는 남편을 찾을 때면 그의 무덤을 어루만지면서 마음의 평안을 얻는다. 세상에서는 다시 볼 수 없지만 이곳 무덤가에 서면 생전 모습 그대로의 남편을 만나보곤 한다. 변함없는 그를 볼 때 우리가 같이 살던 때를 회상할 수 있어서 참 행복하다.

혼자 된 어느 친구는 남편 잃은 계절이 싫어서 낙엽만 보아도 진저리를 친다고, 그래서 가을을 맞이하기가 끔찍하다고 한다. 그러나 나는 남편이 떠난 이 가을이 아늑하고 차분해서 참 좋다. 할 수만 있다면 나도 이 계절에 가고 싶다. 이제 나에게 가을은 쓸쓸하기보다 정다운 계절이며 남편을 조용히 회상해 볼 수 있는 환희의 계절이다.

하루인들 그이 생각을 아니 한 날이 없었다. 날이 갈수록 그리워지는 마음 간절하다. 태어날 때는 순서가 있지만 떠나는 것은 순서가 없다고 하는데 그이는 순서대로 먼저 가셨다. 그 허전하고 쓸쓸함은 말로 다 표현할 수 없다. 부부란 한날한시에 갈 수만 있다면 좋으련만 현실은 그렇지 않다는 것이 우리를 더욱 슬프게 한다.

다시 새봄은 올 것이다. 작년 봄에 피었던 꽃들이 다시 피어나는 것 같지만 사실은 묵은 것이 아니고 새로운 싹이 돋아나서 새로 핀 꽃인 것을, 옛것은 지나가고 새로운 것이 오는 게 세상 이치 아닌가?

나도 이제 나이가 들어가니 옛날 것을 좋아하여 그것에 길드는 것 같다. 옛것이 편하지만 새로운 것을 민감하게 받아들여야만 세상을 현명하게 살아가는 방법임을 잘 안다.

남편이 떠난 이 계절을 맞이하여 잊어야 할 것들이 더욱 새록새록 되살아난다. 함께 사는 동안 많은 추억을 만들어 놓지 못한 것 또한 후회스럽다. 비록 혼자의 외로운 삶이지만 자손에게 부담을 안 주고 모든 탐심을 버리는 삶, 그리고 진실한 행동을 하는 멋진 삶을 살리라.

머늘아기의 말대로 외롭겠지만 너무나 잘 생활한다는 말에 나는 위로를 받는다. 마음먹기에 따라 혼자라도 외로울 틈이 없다. 그동안 하고 싶었으나 참아왔던 것들을 마음껏 누리면서 미래를 향해 힘차게 달려가리라. 이 찬란한 가을에.

초겨울에 떠난 사람

　인생은 참으로 덧없고 허무한 것인가. 어느 날 B씨의 부인에게서 연락을 받았다. 그녀의 남편이 나를 보고 싶어 하니 꼭 방문해 달라는 부탁이었다.

　B씨는 남편의 오래된 친구다. 그이는 군에서 만난 동향의 친구였다. 대한민국 남자라면 국방의 의무를 다해야 하기 때문에 군에서는 누구나 평등하다. 조건은 따지지 않고 오로지 인간성 하나로 친구를 사귈 수 있는 곳이 군대이지 싶다. 그렇기 때문에 군대 친구는 특별한 관계에 속한다. 사회에서 만난 친구와는 차원이 다르다.

　둘은 늘 붙어 다녔다. 우리 부부의 연애 시절 데이트할 때도 꼭 합세를 했었다. 어려웠던 시절 셋이 데이트를 할 때면 중국집 음식을 주로 이용했다. 월급이라도 타면 탕수육을 시켜서 분위기를 고조시키기도 했었다. 그 친구는 눈치 없이 끝까지 먹었다. 나는 여자라서 사양하고 남편은 애인 생각해서 사양했던 기억이 새삼스럽다. 그래도 전혀 어색함 없이 지내던 막역한 사이였다. 과묵

한 남편과 둘만 있으면 지루했지만 셋이 함께하는 시간은 늘 웃음 꽃이 피는 즐거운 시간이었다.

유머러스한 말솜씨로 주위를 부드럽게 하여 분위기를 띄우는 B 씨, 친구들에게는 늘 사랑받는 존재였다. 본인 성향도 그렇지만 방송국에 근무하는지라 연예계에 물든 탓이 아닐까 하는 생각이 들 정도로 재담가였다. 어찌 됐건 만나면 늘 유쾌한 분이었다. 우리 결혼식에서는 방송국 피디를 동원해서 사진을 찍어 줬다. 흑백 사진이지만 지금도 보면 구도를 잘 맞추고 선명하게 찍은 모습이 명품이다.

남편이 병석에 있을 때도 그이는 몇 년 동안 건강하여 우리 집 으로 부부가 자주 병문안을 왔었다. 그러구러 지내는데 B씨가 입 원하였다는 연락을 받았다.

문병을 갔더니 항암주사를 맞고 있었다. 몸무게가 팔 킬로그램 이나 줄어서 건강검진을 해보니 위암 초기로 진단되어 수술을 하 고 항암치료를 한다고 했다. 초기인데도 위를 삼 분의 이나 절제 하였다면서 암에 대하여 경계해야 한다고 알려주었다. 병문안 와 준 것을 몹시 고마워했다. 남편 대신 나를 보고도 위로가 된다고 행복한 미소를 지었다. 남편이 병석에 오래 있었기에 나는 늘 대 리 노릇을 했던 기억이다.

그 후로 몇 년간 뜸하게 지냈다. 건강하게 잘 지내고 있으려니 했다. 무소식이 희소식이라 하지 않던가?

어느 날 B씨에게서 전화가 왔다. 파킨슨병이라는 진단을 받앉다며 완치가 없다니 어쩌면 좋으냐고 걱정이 태산이었다. 더 이상 진전이 안 되게 약물치료를 열심히 하라고 위로해 주었다. 내 의학 지식으로 그 병은 치매의 일종이라고 알고 있는 터라 불길한 예감이 들었다.

삼 년 정도 지났나 싶은 초가을 어느 날 B씨가 일산병원에 입원하였다고, 병상에서 나를 꼭 보고 싶다면서 찾는다는 부인의 연락이었다. 바쁜 일상을 접고 한달음에 달려갔다. 그곳 병상에 펼쳐진 모습은 처참했다. 온몸에 주사를 꽂아서 마치 죄인이 형틀에 매인 것처럼 참혹한 모습이었다. 몸 어느 한 곳 맞잡아 볼 수 없이 수액을 공급하는 줄이 주렁주렁 매달려 있었다. 그 틈으로 손가락 몇 개 남은 것을 잡아보고 눈을 마주치면서

"치료 잘 받으세요."

"예."

"힘내시고요."

"예."

"기도할게요."

라며 말을 건넸다. 위로라기보다는 무슨 말이라도 해 줘야 할 것 같았다.

"기도… 많이… 해, 줘요…."

그이의 목소리는 모깃소리처럼 가냘프게 들렸다. 그때가 이승에서의 마지막 모습이 될 줄은 몰랐다. 설마 하고 지냈던 것이다.

남편과 가장 친했던 B씨, 그의 부고를 받았다. 초가을에 문병

을 다녀왔는데 지금은 초겨울이다. 문상을 가야겠다. 이제는 사진으로 만나게 될 것을 생각하니 눈물이 저절로 흘러내린다.

'아! 영정사진, 그것이 얼마나 하잘것없는 것인가?'

나를 찾았을 당시 달려가서 문병한 것이 참으로 다행이었다는 생각을 한다. 아니었으면 두고두고 후회할 뻔했다. 그때 먼저 병으로 몸이 불편했던 남편은 생존해 계셨는데 나이 젊은 B씨가 먼저 돌아가셨다. 그리고 일 년 후에는 남편도 가셨지만 '인명은 재천'이라는 단어를 저절로 실감하게 된다.

늦가을이 지나고 초겨울에 떠나간 B씨, 그분을 추모한다. 이제 육신을 버리고 떠난 사람, 흙으로 돌아갈 그곳이 본향이라고 생각하니 허무하고 덧없다. 이승에서의 고통을 잊고 좋은 세상에서 편안하게 지내시기를 간절히 기도한다. 우리 다음 세상에서 만날 수 있다면 다시 인연을 기대해도 좋을 사람. 다시 볼 수 없다고 생각하니 가슴이 저려온다.

B씨, 당신과의 관계는 아름다운 추억으로 영원히 남을 것이리라.

늙음은 회색이다

병원에 같이 가 줬으면 하는 언니의 전화를 받았다. 밖을 내다 보니 추운 날씨인 것이 분명하다. 가기 싫지만 매일 다니던 체육 관이 리모델링한다고 쉬고 있으니 시간은 있다.

왠지 나중에 후회할 일이 생길 것 같은 불길한 예감이 들어 부 지런히 준비하여 전철역으로 향했다. 오후 두 시 약속이라 한 시 경에 출발하였는데 언니는 벌써 병원에 도착해서 접수하고 기다 린다는 연락이었다. 급한 성격은 여전했다. 나이 들면서 느긋하고 여유로워져야 한다는데 갖고 있는 본성은 변하지 않는 것 같았다.

전철역에서 십 분을 기다려 셔틀버스를 탔다. 병원에 도착했더 니 언니가 무척 반겼다. 툭하면 119를 불러 병원에 입원하느라 자 녀들을 성가시게 한다는 조카들의 하소연이 생각났다. 이유를 물 었더니 갑자기 심장이 심하게 뛰어서 불안하고 초조해서 죽을 것 같은 공포가 밀려온다고 했다. 병원에 입원해 있어야 안정이 된다 며. 정밀검사 결과 공황장애 진단을 받았다. 한 달 입원하여 치료 받고 퇴원해서 이제는 약을 복용하고 지낸다. 그런 언니가 요사이 부쩍 늙으셨다. 앙상한 머리숱하며 꼿꼿했던 어깨가 축 처지고 구부정해서 더 초라하게 보였다.

'아! 언니의 살아온 세월이 순탄치 않았었지?'

내 가슴을 쳤다. 그녀는 동네 아주머니의 중매로 결혼하였는데, 형부는 체격 좋고 미남인 데다 법 없이도 살 만큼 착한 분이었지만 직업이 변변치 않았다. 그 시절에는 사람의 심성만 보고 그냥 결혼하는 때였다. 생활력이 없는 무책임한 분이어서 언니는 노점 장사부터 시작하여 늘 같이 벌이를 해야만 했다.

육십여 년 전 나라 전체가 경제 여건이 좋지 않은 때여서 누구나 다 힘들었던 시절이었다. 어렵던 그 시절 마침 지인의 소개로 청계천 공구상회가 밀집한 곳에 위치한 음식점을 인수할 수 있었다. 전혀 경험이 없는 직종이었지만, 천직이라 생각하고 부부가 같이 열심히 노력하여 삼 남매 공부시키고 집도 장만하였다.

어느 정도 자리를 잡았나 싶었는데 형부가 여러 가지 성인병으로 고생하면서 탈장 수술을 여러 번 했다. 뇌경색까지 앓게 되어 끝내 음식점을 접고 말았다. 식당을 운영하는 것은 매우 힘든 작업이라는 것을 알았다. 육체적 노동에 정신적 노동을 더해야 하기 때문에 너무 어려운 직종이었다.

건장한 체격에 체력이 좋았던 분이 음식점 십여 년 경영에 몸이 거의 망가지다시피 허해지셨다. 그나마 자녀들이 다 자립하고 난 후라 다행이었다. 형부가 건강을 잃었을 때 언니는 병원을 찾지 않고 잘 지내는 듯 보였다. 시름시름 앓던 형부는 늘 가슴의 통증으로 괴로워하셨다. 그러다가 어느 날 장맛비에 쓸려나가듯 조용히 소천하셨다. 장례미사에서 본 모습은 너무나 편안해 보였다. 병석에서의 고통스러워했던 표정을 더는 찾을 수 없어서 마음이 놓였다.

그러구러 한숨 돌렸나 했는데 이제는 언니가 여기저기 성치 않다고 병원 출입이 잦았다. 오늘도 정형외과에서 어깨에 주사를 맞는 모습을 지켜보면서 만감이 교차한다. 귀갓길에 근처 찻집에 마주 앉아 많은 이야기를 나눴다. 언니는 나이 들면서 모든 것에 자신이 없어서 누구에겐가 기대고 싶다는데 그럴 형편이 못 되는 현실이 늘 불안하단다.

나의 현실과 비교하면서 상념에 잠긴다. 갑자기 서러움이 목젖을 타고 넘어온다. 울음이 나는 것도 아니니 울 수도 없다. 소리 내어 실컷 울고 싶었는데 가슴만 먹먹하고 답답하다. 조그만 체구에 늙을 것 같지도 않아 건강은 타고났다고 여겼는데 오늘의 모습을 목격하니 한없이 서글퍼진다.

세월이 가면 늙는 것이 아니라 성숙해진다 했는데 그도 아닌 것이 낡아가는 것을 보는 느낌이다. 올해 들어 낮잠을 꼭 주무신다는 것도 날 우울하게 만든다. 얼마 전에 교회 장로님 한 분이 늘 낮잠을 주무신다더니 얼마 있다 큰 병을 얻은 것을 보았기 때문이다. 낮에 자는 것은 몸이 쇠잔해진 탓일까?

종일 그녀와 시간을 함께하면서 느낌이 왔다. 자주 만나서 대화도 하고 보살펴야겠다. 효녀 딸이 있어서 극진히 잘하고 있지만 나도 한 자락을 담당해야겠다는 결심이 선다.

우린 늙어가는 것이 아니라 조금씩 익어가는 것이라 하지만 세월이 갈수록 점점 흐릿한 모습으로 변한다. 낡아가고 있음을 느낀다. 나이 들어 늙는다는 것은 회색빛으로 물 들어감이다. 회색은 타고 남은 재의 빛깔이다. 그 색은 진지함이고 성숙함이다. 젊음을 다 태우고 나서 이제야 겸손을 배웠다. 늙음은 자신을 비우고 겸손해진 허허로운 모습, 회색빛이 아니겠는가.

노후를 자매끼리

이른 아침 청소기 돌아가는 소리에 잠에서 깨어났다. 기계음이지만 그렇게 싫지는 않다. 오히려 익숙한 소리가 되어 버렸다. 집 안일 중에 청소가 가장 어렵다. 예전에 세탁기가 없을 때는 빨래가 힘들었는데 지금은 기계가 대신하고 있으니 직접 손으로 해야 하는 청소가 더 어렵다

혼자 살고 있을 때는 일주일에 한두 번 정도 했었는데 여동생과 살면서부터 매일 청소를 한다. 그녀의 특기이며 취미가 청소다. 하루를 청소기 돌리는 일부터 시작한다. 청소를 끝내면 깨끗해진 실내가 좋아서 힘든 줄 모르나 보다. 식구 둘이서 단출하게 사는데 뭣을 그리 어지르겠냐만 그녀는 하루도 거르지 않는다. 하루쯤 건너뛰어도 무방할 텐데 하는 생각이 들지만 그냥 눈 감아 버린다. 자주 해서 나쁠 것도 없으니 말이다.

일주일에 한 번 하는 분리수거도 의례 그녀가 한다. 아침 일찍 어둠을 무릅쓰고 하치장에 다녀오는 것이 안쓰러워 말려도 소용없다. 일이라 생각하지 않고 운동 삼아 한다는 것이다. 나는 미안

함에 음식을 정성껏 장만하여 동생을 즐겁게 한다.

여동생과 내가 동거하게 된 지 이태가 조금 넘었다. 각자 가정이 있었는데 자녀들을 출가시키고 나니, 서로 외로운 처지가 되어 버렸다. 망설이다 어느 날 그녀에게 같이 살자고 의중을 떠봤더니 기다렸다는 듯이 쾌히 승낙했다.

그땐 외로움이 너무나 커서 내 옆에 누가 있어 주는 것이 필요했다. 그동안은 씩씩하게 잘 살아왔는데 어느 날 갑자기 속이 텅 빈 것 같이 허전해지고, 밤이면 무서워서 밤새 불을 켜고 지내면서 숙면을 취하지 못했다. 우울증이라도 생기는 것 아닌가 걱정속에 많은 힘이 들었다. 어려울 때 가장 먼저 생각나는 것은 같이 자란 형제다. 자손들 앞에서는 약한 모습을 보이고 싶지 않다. 지금은 안정된 생활이라고 자부하고 싶다.

우리 자매는 매일 아침 식탁에서 눈을 맞춘다. 동생은 낮 동안 직장에서 일하고 나는 취미생활을 하면서 보내고, 저녁에는 그날 지낸 이야기를 하면서 하루를 마감한다.

때로는 어린 시절이 그리워서 어머니가 해 주신 음식을 만들기도 하고 먹어보기도 한다. 순대, 만두 이런 음식은 별것도 아닌데 그때는 왜 그렇게 맛있었던지. 서로 더 먹으려고 눈치를 보기 일쑤였다. 지금은 그 맛을 느낄 수가 없다.

혼자보다는 자매가 같이 회상해 보는 추억이 더 풍부해서 마냥 즐겁다.

우리는 십 년 이상 나이 차이가 있지만 성향이 똑같다. 그래서 편하다. 옷, 가방, 액세서리 모두 취향이 같아서 색만 다르게 구입한다. 음악 듣는 취미도 다르지 않으니 함께 감상할 수 있어 좋은 분위기로 시간을 보낸다.

나이 차이가 많이 난다는 것은 단점보다 장점이 더 많아서 이상적이다. 동생은 언니를 존경하고 나는 자연히 딸 같이 살갑게 대하게 된다. 행동이 굼뜬 것은 그녀의 고질병이다. 같이 외출을 하려면 마냥 기다려야 한다. 가족 모임이 있는 날이면 지탄받기 일쑤다. 마치 단체기합을 받는 느낌이 들면서 부아가 치밀어 오른다. 인내심의 한계를 느끼기도 한다.

나는 외골수라 내 옷만 고집하는데 동생은 언니 옷을 무척 좋아한다. 속으로는 싫지만 아닌 척하자니 난감하다. 내 옷을 그녀가 입으면 그리도 잘 어울리는지 말리기가 힘이 든다. 그럴 때마다 손해 보는 느낌이지만 내 옷을 잘 입는다는 것은 나를 사랑하는 징표라 여기며 위로를 받는다.

토요일은 사우나 가는 것으로 일정이 짜여 있다. 자매끼리 등 밀어주고 사우나를 하면서 피로를 푸는 것은 무엇으로도 바꾸지 않을 기분 좋은 주 행사다. 생전 다툴 일이 별로 없다. 잘못이 있을 때는 사과하고 이해시키고 느낄 때까지 조용히 기다려 준다. 둘이 합친 생활은 외롭지 않아서 좋고 배경이 있는 듯해서 힘이 솟는다.

해결하기 어려운 일이 생기면 같이 의논해서 결정한다. 독단적인 생각보다는 둘의 생각이 훨씬 좋은 의견이 되어 일이 잘 풀린다.

지금은 평균수명이 많이 늘어 요양원에 가야 하는 시대에 우리가 살고 있다. 노인들이 원하는 삶이란 시설에 가지 않고 살던 집에서 끝을 맺는 것이다. 자녀들이 있어도 그들과 노후를 같이 할 수 없는 것이 현실이다.

친구끼리 모여서 '우리 늙으면 한집에서 같이 살까?' 하는 이야기를 한 적이 있다. 그것보다는 혈연으로 맺어진 자매가 더 이상적이지 않을까? 여자끼리 합쳐서 살고 있는 산골 노인들을 방송에서 보았다. 질투하고 다투는 모습도 보았다. 물론 나중에는 화해를 하였지만.

자매간에는 그런 탐심이 없다. 서로 혼자인 처지를 위로하면서 아끼고 보듬어주는 마음뿐이다. 밖에서 좋은 음식이라도 맛보면 동생이 생각나서 포장해서 갖다 준다.

지금의 내 생활이 만족스럽다. 물론 같이 살면 누구나 정들게 마련이지만 생판 남과는 다른 진한 혈육의 정이 샘솟는 느낌이다. 노후는 자매끼리 생활하는 것이 가장 좋은 방법임을 널리 알리고 싶다.

이 시대의 필수품

마스크는 이 시대의 필수품이다. 누구나 외출할 때 현관에서부터 마스크를 써야만 문밖을 나갈 수 있다. 마스크란 자신의 신분을 감추기 위한 가면이다. 그러나 요즘 우리에게 마스크는 먼지나 바이러스를 차단하기 위해 입과 코를 가리는 천 조각이다. 보건당국에서는 모든 국민에게 마스크 쓰는 것을 의무화했다. 공기가 오염되고 정체 모를 바이러스로 오는 감염증을 막아내려는 방법이다.

'코로나19'라는 바이러스는 이제까지 없었던 새로운 호흡기 질환을 일으키는 병원체이다. 이제는 세계적으로 전염병이 대유행하는 팬데믹(pandemic)현상으로 치닫고 있다. 하루도 거르지 않고 사망자가 나오고 가속도가 붙어 온 세계가 공포에 떨고 있다.

하루가 지나면 새로운 확진자 수를 발표하는 것으로 뉴스를 시작한다. 우리나라는 대구 신천지 교인들이 처음 옮겨와서 육 개월 동안 잘 관리해 왔는데 8월 15일 광복절에 대규모 집회를 치르고 나서 집단감염을 일으켰다. 그동안 두 자리 숫자를 지키면서 새로운 환자가 없기만을 기다리고 있었다. 그런데 갑자기 세 자리 숫자로 늘어났고 높은 연령대에서 환자가 많이 발생했다. 이제는 걷잡을 수 없는 추세로 치닫고 있다.

좋지 않은 현상이지만 감수해야 한다. 특히 사람이 모이면 거리두기와 마스크 쓰기는 항상 기본이다. 기능이 조금씩 다른 마스크의 종류로는 비말 방지 마스크와 감염원 차단 마스크로 구분할 수 있다. 비말은 오직 침을 튀기는 것만 막을 수 있지만 가볍고 통풍이 되어서 더운 여름철에 젊은이들이 많이 이용한다. 감염원 차단 마스크는 살균효과가 있어 바이러스까지도 예방할 수 있다. 감염원까지 차단하는 것을 사용해야 안전함은 물론이다.

마스크에 대한 시시비비도 적지 않다. 마스크를 쓰지 않은 버스 승객이 있어서 기사가 의무적으로 착용하라고 하였더니 대들고 소동을 부렸다는 신문기사를 접했다. 버스에서 행패 부린 그는 구속됐다고 한다. 지하철에서 다른 승객들이 마스크 착용을 요구하자, 뛰어다니면서 난동을 피우는 장면을 뉴스 시간에 동영상으로 볼 수 있었다. 아마도 모든 국민이 다 보았을 것이다. 경찰관과 동행하는 그의 모습을 많은 시청자들이 보았을 게다. 이렇게 막나가는 분들에게도 질책하듯 하지 말고 마스크 한 장을 살짝 주었다면 어땠을까. 새로운 세상이 되고 보니 적응이 안 돼서 그런가 보다.

어린이들은 하나같이 마스크를 쓰고 있다. 그런 모습이 생경하다. 몸의 일부분을 묶어 놓은 듯해서 측은한 생각마저 든다. 백신이 나와서 예방주사를 맞고 어린이들이 안심할 수 있는 자유로운 시절이 속히 오기를 간절히 바랄 뿐이다.

며칠 전 언니 댁을 방문하였다. 언니 집에서 나올 때 마스크 쓰는 걸 잊었다. '아차 어쩌지?' 손 씻을 때 두고 나왔나 보다. 버스 정류장에서 죄인처럼 고개를 숙이고 서 있는데 낯모르는 아가씨가 핸드백에서 방금 꺼낸 마스크를 주면서 "아줌마 이거요." 하면서 나에게 내밀었다. 마치 구세주를 만난 듯 반가웠지만 인사도 제대로 못 하고 받았다. 그녀의 사려 깊은 마음이 두고두고 고맙다. 그 후로 가방에 여분의 마스크를 넣고 다니는 것이 습관화되었다.

어느 날 마트에 갔다가 물건을 구입하고 승강기를 탔다. 마주 선 젊은 아가씨가 마스크를 쓰지 않고 죄인처럼 고개를 푹 숙이고 서 있었다. 나는 얼른 가방에서 마스크를 꺼내 그녀에게 건넸다. 계면쩍은 듯 미소를 지으며 공손히 받았다. 순간 그녀를 통해 며칠 전 내 모습을 보면서 세상 이치를 깨달았다. 그렇다. 꼭 필요한 물건을 주고받으면 서로의 마음이 따뜻해져 그 순간 행복감을 느낀다.

코로나19 예방을 위해 거리두기는 꼭 필요하다. 걷거나 서 있을 때도 거리를 두고 멀찌감치 떨어져서 걷는다. 이제 습관이 되었다. '거리는 멀지만 마음만은 가까이'라는 표어를 입속으로 가만히 중얼거린다.

보건당국에서는 코로나19 전염병 확산을 막아 보려고 갖은 노력을 다한다. 단지 국민을 전염병에서 보호하려는 마음 하나로 의료진이 총력을 펴고 있다. 우리는 정부가 마련하는 모든 제도에 적극적으로 협조해야 할 의무가 있다. 우리나라, 내 조국은 하늘과 같은 것, 하늘 없이 세상을 살아갈 수 없듯이 너무나 소중하다. 특히 이민 갔다가 되돌아온 분들은 나라가 있다는 것을 절실히 느끼고 감사하다고 한다. 이 시대가 필요로 하는 행동 지침과 규제는 누구나 따르고 협조해야 한다.

지금 코로나19로 상권이 허물어지고 업무가 거의 중단 상태까지 왔다. 경제적 손실이 크지만 어쩌겠는가. 반드시 우리 힘으로 이 어려운 시기를 넘어야 한다. 외출할 때에는 반드시 마스크 쓰는 것을 잊지 말아야 하고 혹시 잊은 분이 있다면 하나쯤 줄 수 있는 마음의 여유를 갖자.

나는 '기버(giver)'란 단어를 좋아한다. 기버란 기꺼이 주는 사람, 또는 베푸는 삶이란 뜻이다. '자신이 얻는 것보다 주는 것이 많아야 성공한 사람'이라고 말하는 요리 연구가 백종원 씨를 존경한다. 그는 성공한 재력가이지만 늘 소탈하고 겸손하다. 그의 겸손과 기버를 배우고 싶다.

컴퓨터야 놀자

구청에서 실시하는 무료강좌를 통해 처음으로 컴퓨터를 배웠다. 삼 개월마다 수강생을 새로 뽑았다. 선착순으로 신청을 받았기에 새벽부터 줄을 서서 기다려야 했다. 컴퓨터 교육을 받으려는 분이 많아서 경쟁률도 높았다. 하루에 3시간씩 수업을 했다.

초보를 지나고 나서는 컴퓨터 반원끼리 메일을 주고받으니 내가 생각해도 대견했다. 여름방학 때는 초등학교 교실을 빌려 컴퓨터 특별수업도 받았다. 그러면서 컴퓨터와는 밀접한 사이가 되려고 노력했었다.

동영상 제작도 익혀서 가끔 해보면 신기해서 마냥 즐거움에 빠지곤 했다. 동영상에 음악을 곁들이는 스위시 작업을 배우러 다니면서 한껏 재미를 느낀 적도 있다. 배운다는 것은 신기하고 즐겁지만 그것보다 성취감은 이루 말할 수 없는 기쁨 그 자체였다.

컴퓨터를 하는 사람들은 이메일을 보낼 때 자기 취향대로 보내는 것이 상식화되어있다. 주로 시사적인 글을 보내오는 분도 있고, 좋은 경치를 보내주는 분, 명곡을 들려주는 분도 있다. 그리고 사진에다 글을 넣어서 작품을 만들어 보내는 분, 이렇게 다양하다.

나는 주로 마음의 위로가 되는 글을 보냈다. 때로는 내 어쭙잖은 글을 써서 보내는 경우도 있고, 직접 사진을 찍어서 동영상을 만들면 더욱 재미를 느끼곤 했었다.

어떤 분은 컴에서 아무것도 할 줄 몰라 혼자서 화투만 친다고 한다. 그런 것도 치매예방에 도움이 된다고 하니 그것도 유용한 것이니 비난할 바는 아니다.

'이렇게 자기 취향대로 컴을 사용하고 있구나' 하는 생각을 하면 세상은 개성시대라 재미있다.

지금 시대는 손글씨 대신 모든 의사를 컴퓨터로 전해서 편리하다고 한다. 그러나 정성이 담기지 않아 상대에게 성의가 부족하게 보일 수도 있다. 그런 생각을 하면 허전한 마음 달랠 길이 없다.

나는 다양한 글을 메일로 보내는 편인데 주로 약한 자, 어려움을 당하는 자에게 위로가 되는 글을 보낸다. 받아보신 분들이 가끔씩 감동을 받는다는 답을 보내오기도 한다. 이런 것이 사이버상에서 서로 얼굴도 모르고 지내는 분들과 더욱 친근해지는 방법이다.

내가 보내는 메일이 마음을 어루만지는 위로의 글이기에 사랑하는 세 자녀들에게도 보낸다. 지금은 중년의 나이로 사는 그들이지만 어미의 메일을 열심히 보면서 위로를 받는다고 한다. 그럴 때마다 흐뭇한 마음 감출 수가 없다.

이제는 아버지, 어머니라는 위치에 있는 그들, 이 험한 세상을 살아가노라면 얼마나 많은 어려움과 고난이 있겠는가. 같은 집에서 살지 않기에 매일 볼 수도 없다. 이메일로나마 좋은 글, 위로의 글을 보낼 때 그들이 읽어주는 것이 고맙기 그지없다. 구세대라고, 나이가 많다고 무시하지 않고 존경한다는 뜻이 아니겠는가. 아직도 쓸모가 있는 어미라는 생각에 유쾌한 기분에 젖어 든다.

세상은 늘 발전하고 있다. 자판을 두드리며 글을 쓰는 편리한 세상이다. 컴퓨터에서 글을 쓰려면 여러 가지 교정 부호를 알아서 이용해야 하고 원고지 쓰는 방식도 맞게 써야 하며, 문장부호도 정도에 맞게 표기해야 한다. 컴퓨터를 사용할 줄 모르면 한글을 모르는 까막눈이나 다름없다.

내가 컴퓨터를 배운 것은 이십여 년 전인 2000년도 초였다. 국가에서 만 오십 오세 이상 노인들에게 사이버 교육을 적극적으로 지원했다. 기계를 다룬다는 것이 생소해서 어려웠지만, 나이 많은 학생들이라 서로서로 도와가며 공부했다. 공부시간뿐 아니라 모임을 자주 만들었다. 모임에서 질문하면 아는 분이 나서서 친절하게 가르쳐 주었다. 모두 다 너무 열심히들 하였다.

지금 생각해 보니 열의가 대단했다. 강사님의 강의를 들으면서 열심히 필기를 하였는데 사실 필요 없는 거였다. 강의 시간에 연습을 여러 번 해서 익히는 것이 가장 좋은 방법인 것을. 필기하다 보면 진도를 놓치곤 해서 애를 태운 기억이 새롭다. 우리 반원들은 내 필기 노트를 빌려다 서로 돌려가면서 인쇄를 하여 간직했던 기억이 떠오른다.

그때의 노력으로 지금 번듯하게 컴퓨터를 다루고 글을 쓰는데 어려움이 없이 지낸다. 물론 많은 것을 다 알지 못하고 지내지만 이만큼이라도 편리함을 느끼는 것은 그때의 노력 대가가 아닐까 생각한다.

세월이 많이 지났다. 몇 년 전만 해도 '마컴'이라는 카페를 만들어서 작품도 올리고 모임도 했었는데, 세상을 달리한 분도 몇 분 있고 해서 지금은 흐지부지해지고 말았다.

오늘도 컴퓨터 앞에 앉고 보니 같이 공부하고 즐겁게 지낸 동기들이 눈앞을 스친다. 나 혼자 잘해서 배운 것이 아니라 같은 반 동기생들 모두가 협력하여 즐겁고 쉽게 배울 수 있었다. 돌이켜 보면 그 시절이 그립다. 어디에 있든 동기생들 모두 건강하기를 바란다. 고맙고 사랑한다는 말을 꼭 전하고 싶다.

3. 끝은 새로운 시작

끝은 새로운 시작

십이월은 한해를 마감하는 달이다. 왠지 끝 달에 마음이 간다. 시작이 반이라는 말도 있지만 진행이 어렵더라도 끝을 봐야 한다. 세상사 무엇이든 이루어내려고 시작하지 않던가. 한 가지 일을 십 년 이상은 하다 보면 끝이 보이면서 이치를 깨닫게 된다.

이제는 오를 곳이 없는 산꼭대기가 산정이다. 그곳은 생각보다 높다. 내려다보는 경치에는 험난한 길이 구불구불 펼쳐져 있고 꽃과 나무들도 한몫을 하고 있어 잘 어울리는 한 폭의 그림이다. 이런 아름다움은 산 정상에서야 맛볼 수 있다.

하루가 저물어 갈 때 해가 하늘 끝에 펼쳐놓은 낙조의 황홀함을 보았는가? 일출 또는 일몰 후 수십 분 정도 색상이 부드럽고 따뜻한 금색으로 빛나는 상태를 매직아우어(magic hour)라고 한다. 그 시간은 15분 정도이다. 그때 촬영하면 일광이 충분하면서도 그림자가 없는 상태여서 인상적인 효과를 낼 수 있다. 하늘은 청색이고 일광은 노란빛을 발산하여 따뜻하며 낭만적인 느낌을 만들 수 있다. 색상이 부드럽고 따뜻한 금색으로 빛나는 상태가 되는 이 시간을 골든아워(Golden Hour)라고도 한다. 일몰 후에 오는 것이니 하루의 끝을 장식하는 셈이다.

거의 매일 저녁 집에서 낙조를 즐긴다. 십삼 층 높이의 아파트에서 아련하게 보이는 낙조 주위로 붉은빛이 충만하고 짙은 푸른빛이 넓게 퍼져 있으며, 어떤 날은 구름날개가 펼쳐있어 포근함을 느낀다. 가을이면 더욱 선명해서 한 폭의 황홀한 풍경화로 다가온다. 나는 거기에 마냥 매료되곤 한다. 삶을 다하고 나면 생의 끝인 죽음이 찾아온다. 죽었다 다시 살아난 인생은 없다. 끝은 가혹해서 되돌릴 수가 없다. 죽음 앞에서는 고스란히 순종할 수밖에 없다.

텔레비전 방송을 통해 각종 경연대회를 보게 된다. 특히 가수들의 노래 경연대회가 유행처럼 번지고 있다. 대회에 참가한 선수들이 회가 거듭될수록 떨리는 가슴을 진정시키며 기다리는 모습이 애처롭다. 일등만이 중요한데 끝에 가야 알 수 있다. 마지막 우승자로 호명된 선수는 눈물을 흘리면서 승자의 기쁨을 누린다.

눈물은 기쁠 때나 슬플 때도 흘리게 마련이다. 그 뜻은 여러 가지가 있겠지만 감성의 순수함에서 우러나는 것 아니겠는가. 흐르는 눈물은 숨길 수가 없다. 물론 위선적 눈물을 가리키는 악어의 눈물도 있지만, 눈물을 흘리는 모습은 가장 정직한 표현이다.

시작이 있어야 끝이 있다. 그래서 끝과 시작은 반드시 공존한다. '유종의 미'라는 말은 끝을 아름답게 마무리한다는 뜻이다. 초반부터 잘할 필요도 없고 잘할 수도 없다. 마라톤 경기를 보더라도 초반에는 속도를 내지 않고 최상의 컨디션을 유지하면서 속도를 조절하여 마지막에 온힘을 다하여 질주하는 것을 볼 수 있다.

우리 인생을 반추(反芻)해 본다. 내가 주인이지만 마음대로 선택해서 태어날 수는 없다. 불우한 가정에 태어났지만 갖은 고생을 하며 노력하여 출세하면 자수성가했다고, 성공한 인생이라며 칭송한다.

'네 시작은 미약하였으나 네 나중은 심히 창대하리라'는 《욥기》 8장 7절이 떠오른다.

우리는 세상을 처음 맞이할 때 울면서 태어나지만 맞이하는 부모는 웃는다. 마지막 죽음을 맞이하여 웃으며 눈을 감고 보내는 이들은 울어야 좋은 삶이 아닌가. 살면서 장례 입관식에 열 번은 참석했다. 교통사고를 당한 분, 병으로 몹시 고통스러워하던 분들도 입관 때의 표정은 아주 편안해 보여 공허감을 느꼈다. 인고의 세월을 살았던 분들이었지만 세상의 끝을 고할 때는 한결같이 성스러웠다. 평화가 깃들어 있었다.

인생에서 바람직하다고 여기는 다섯 가지 복, 예부터 즐겨 써온 행복한 삶을 말할 때 '오복을 갖추었다'고 한다. 첫째는 수(壽)로 인간은 장수를 원한다. 둘째는 부(富)인데 즉 풍족하게 살아가길 바란다. 셋째 강녕(康寧)으로 사는 동안 건강하기를 바란다. 넷째 유호덕(攸好德)인데 덕을 좋아하여 선을 행하고 악을 멀리하는 선본사상이다. 다섯째 고종명(考終命)은 제 명대로 살다가 편안히 죽음을 맞이하자는 뜻으로 객사가 아닌 내 집에서 생을 편안히 마감하고 싶다는 뜻이다.

역시 끝이 좋아야 한다는 말이다. 우리는 지금 장수시대를 살고 있다. 양로원이나 요양병원에 가지 않고 내 집에서 생의 끝인 죽음을 맞이하고 싶은 소망을 가지고 있다.

사람은 누구나 죽는다. 회복될 가능성이 없는 상황에서 연명치료를 하다가 임종하는 경우가 있다. 피해야 할 죽음 가운데 하나가 중환자실에서 임종을 맞이하는 것이다. 말기암 환자인 것도 마음 아픈데 중환자실에서 고립된 채 고통스러운 각종 검사와 처치를 받다가 죽어가기는 누구나 싫어할 게다. 더 이상의 치료가 필요 없다고 판단될 때 편하게 자연사하도록 하는 것이 환자를 위하는 길이 아니겠는가. 자신이 평소에 국민보험공단에서 '사전연명의료의향서'를 작성해 놓는다는 것은 현명한 일이다. 이 제도는 2018년 2월부터 생겼다. 어떻게 사느냐 하는 것도 중요하지만 존엄하게 인생을 마무리하는 모습이 더욱 귀중하다.

아름다운 노래를 듣는다. 끝부분에서 감동을 받아 나도 모르게 눈물이 흐른다. 초반부터 마음을 사로잡기는 어렵다. 정점에 가서야 가슴에 촉촉이 젖어 든다. 연인 사이가 끝났다고 하면 헤어짐을 뜻한다. 그동안 둘의 만남은 여기까지라고. 그러나 이별은 또 다른 시작일 수 있다.

십이월은 달력 맨 끝장이다. 뒤이어 새 달력이 그 자리를 차지한다. 끝맺음을 잘해야 새로운 시작을 할 수 있다. 그래서 십이월은 가장 소중한 달이다.

대지를 박차고 나온 강인한 생명력

– 경기도립 물향기수목원을 찾아서 –

올해 들어 한국식물연구회의 첫 수시탐사를 하는 날이다. 청명한 날씨인데도 아직 추위가 남아 있어서인지 스산함이 몸을 감싼다. 오는 봄과 함께 꽃 소식을 기다려왔기에 무척 반갑다. 회원들이 오산대역 대합실에 속속 모여든다. 겨우내 움츠리고 있었던 터라 많은 회원들이 기쁜 마음으로 인사를 나눈다. 첫 출발부터 성황을 이루었기에 무척 활기차고 흐뭇하다. 그러나 여러 명이 모일 수 없으므로 가까이 다가갈 수는 없는 점이 아쉽다.

우리가 갈 수목원은 오산대역 2번 출구에서 칠백 미터 정도의 가까운 거리라 우선 안심이 된다. 출입문에는 '경기도립 물향기수목원'이라 쓰여 있다. 나이가 들어야 자연을 보는 눈이 틔는 것일까. 회원은 나이 지긋한 분들이 많다. 이 수목원은 경기도가 이천년부터 조성하여 이천육 년에 개장하였다. 약 십만 평 부지에 천육백여 종의 식물을 전시하고 있다.

우리는 서너 명씩 팀을 이루어 탐사할 예정이다. 수목원 산책은 천천히 쉬어가면서 자연에 흠뻑 취할 수 있어 좋다. 대부분 높낮이가 없는 평탄한 길이고 둔덕진 곳이 있지만 경사가 급하지 않아 힘들이지 않고 걸을 수 있다. 그동안 식물 탐사라면 산에서 이루어지는 줄 알았다. 길이 멀고 난코스라고 생각하여 지레 겁을 먹고 포기해 왔다.

나는 출산 후 몸조리를 잘못해서 허리가 안 좋다. 그래서 먼 거리를 걸으면 힘이 든다. 사람은 다리로 걷는다기보다 허리로 걷는다고 해야 맞다. 수술도 못 하는 부위라서 임시방편으로 치료만 하고 지내야 하기 때문에 늘 조심하고 있다. 등산이나 많이 걷는 일은 엄두도 못 냈다.

코로나바이러스로 활동을 못 하는 사이에도 계절은 어김없이 찾아들었다. 봄이 벌써 우리 앞에 성큼 다가와 있다. 자연은 항상 같은 속도로 변한다. 주위를 둘러보면 어린이들이 부모와 함께 산책하는 모습이 정겹다. 이런 평화로운 정경이 눈 앞에 펼쳐지고 있어 내 마음도 온화해지며 행복해지는 것 같다. 젊을 때는 나도 자식들을 키우며 단란한 가정을 꾸렸던 때가 있었다. 새삼 옛 추억이 떠오른다.

K회원이 화분에 키운 복수초(福壽草)를 이곳까지 갖고 왔기에 함께 감상하고 사진에 담았다. 꽃을 보면서 그분의 열정과 노고를 느낄 수 있다. 화분에 심은 복수초라 더없이 아름답다. 노지에 피어 있는 꽃보다 더 탐스럽고 화려하며 강인한 것 같다.

온실이다. 실내는 온통 푸른 나무들이라 따뜻한 공기가 흐른다. 이곳엔 봄이 가득하다. 수선화, 클레오밴드롱, 천사의 나팔

등이 피어 있고 빨간 동백꽃, 서향이 향기를 내 뿜고 있다. 망고나무에 열매가 달렸고 바나나 잎 사이로 열매가 탐스럽게 열려있다. 관람하던 어린이가 바나나를 따달라고 아빠를 조른다. 타이르는 모습을 보면서 관상용인 줄 모르는 순진한 모습에 미소가 절로 나온다. 크고 작은 여러 종류의 선인장도 가꾸고 있다.

연못에서 유유히 노니는 색색의 비단잉어를 보면서 그동안 움츠렸던 몸과 마음에 생기가 도는 느낌이다. 삶의 활기를 되찾는 요령에는 첫 번째가 몸을 움직이라는데 우리 같은 시니어들에게는 주말의 식물원 탐사가 적격일 것 같다.

온실을 지나고 비탈을 오르자 드디어 복수초 군락지에 이르렀다. 한두 포기가 아니고 무리를 이루고 있어서 그 아름다움에 나도 모르게 "아!" 하는 감탄사가 절로 나온다.

바싹 마른 낙엽이 수북이 쌓여있는 길이다. 봄의 전령사 노란색의 복수초가 우리를 맞이한다. 메마른 땅에서 살아있는 꽃을 보니 반갑다. 낙엽 속에서 황금색 얼굴을 내밀고 있는 복수초가 마치 아기가 이불을 덮고 있는 형상이다. 오밀조밀 모여 있는 꽃송이는 초등학교에 막 입학하여 줄 서 있는 신입생 같기도 하다. 복수초의 꽃말은 '영원한 행복'이다. 이름도 많아 원일초(元日草), 설연화(雪蓮花), 빙리화(氷里花), 측금잔화(側金盞花)라 하고 북한에서는 눈과 얼음 속에서 꽃이 핀다고 하여 눈새기꽃, 얼음새기꽃이라 부른다.

반지르르 윤기가 흐르는 꽃잎은 마치 모본단(模本緞)을 보는 것 같다. 모본단은 우리의 한복을 만드는 천이다. 얇고 부드러우며 다른 비단에 비하여 우아함이 깃들어 있다. 어릴 때 바느질 솜씨가 좋으신 어머니 덕분에 한복을 수시로 입을 수 있었다. 특히 설 명절 때는 어머니가 밤을 새워 지어 주신 모본단 한복을 입고 맵시를 뽐냈던 생각이 난다. 그 비단은 부드럽고 가뿐하면서도 윤기가 자르르 흐르는지라 어린 마음에도 흡족해서 친척집 여기저기에 옷 자랑을 하고 다녔었다. 복수초 속에 어머니의 환한 미소가 보인다. 어릴 적 추억이 아련히 떠오른다. 이른 봄이라 발밑에는 마른 낙엽과 짙은 회색으로 말라 버린 풀 뿐이다. 그런데 무리 지어 핀 복수초야말로 마른 잎사귀 속의 군계일학(群鷄一鶴)이 아닐까?

봄이 오는 기척에 노란 산수유가 한창이고 호숫가의 늘어진 수양버들은 연둣빛으로 물들었다. 주위를 둘러보면 사색하기 좋은 곳마다 벤치가 놓여 있다. 탁자와 의자가 함께 배치된 쉼터도 있다. 도시락과 음식을 갖고 와도 좋을 듯싶다. 이 넓은 장소에 매점이 없다는 것을 이제야 이해할 수 있을 것 같다.

관람을 끝내고 나오는 길이다. 커다란 나무 밑에 크로커스 두 송이가 피어 있다. 보라색의 작은 꽃이 영롱하다. 그림에서만 본 꽃을 처음 대면한 터라 가슴이 두근거린다. 진한 보랏빛 꽃송이가 대지를 뚫고 나와 나를 유혹하는 것 같다.

아직은 이른 봄이라 만개한 꽃이 많지 않아서 아쉽지만, 움츠리고 있었던 겨울 동안의 답답함을 풀어준 기분이라 어느 때보다 상쾌하다. 무리 지어 피어서 나를 반기던 복수초와의 만남은 잊을 수 없을 것 같다. 광활한 물향기수목원은 심신을 달래주며 힐링이 되는 곳이다. 해마다 다시 가야 할 것 같다. 아니 계절마다 찾아가고 싶다.

오늘의 행사를 주관하신 회장님과 함께하신 회원님들이 새삼 고맙고 두루 감사하다는 인사를 전하고 싶다. 다음 탐사 날까지 어찌 기다릴까.

산나물 뜯기

비가 세차게 내렸다. 바람이 몹시 불어서 며칠간 두려움에 떨었다. 바로 태풍이었다. 우리나라는 늦여름부터 초가을까지 몇 개의 태풍이 발생한다. 연례행사처럼 자연재해를 치르게 된다.

그것이 휩쓸고 간 흔적은 여기저기서 참혹한 현상으로 나타난다. 많은 인명을 앗아가기도 하고 재산을 한순간 물거품으로 만들기도 한다. 농사를 지어놓고 이제 수확을 기다리는 농부들에게 작물이 유실(流失)된다는 것은 목숨을 조이는 것과 같은 잔인하고 참혹한 일이다.

태풍이 지나고 난 후 아파트 관리실에서 주관하는 '농업체험형 테마여행'을 한다며 지원자를 모집한단다. 이 행사는 시골의 농산물 재배 모습을 직접보고 구매할 수 있고 농사일을 잠깐 체험해 볼 수도 있는 유익한 프로그램이었다.

도시 주민들이 농촌의 어느 한 고장을 정해서 꾸준하게 농작물을 직거래할 수 있는 제도이다. 아파트 앞에 일주일에 한 번씩 장이 서는데 우리가 선택한 시골에서 농산물이 오고 있어서 그동안 믿고 구매하기에 아주 편리했었다. 또한 농촌에서도 구매 고객을 미리 확보할 수 있으니 도움이 된단다.

기다리고 있던 우리에게 농가에서 다녀가라는 초청장이 왔다. 그곳은 강원도 평창군인데 소설가 이효석의 고향이다. 이번 태풍으로 피해를 입지는 않았는지 걱정을 하면서 조용히 다녀오기로 하였다. 우리가 간 곳은 다행히 태풍과는 관계없이 농작물이 잘 보전된 평화로운 마을이었다.

목적지에 도착하여 첫 행사는 감자 캐기였다. 한 사람 앞에 감자밭이랑 하나씩을 배당받았다. 두둑한 이랑을 호미로 파헤쳤다.

"와! 감자다."

검은 흙 속에서 주먹만 한 감자가 연이어 모습을 드러냈다. 신기하게도 땅에서 튼실한 감자가 나오다니 생전 처음 경험해 보는 수확의 기쁨이었다. 심지 않고 거두기만 해도 기분이 벅차오르는데 봄에 싹을 틔워서 여름 내내 열심히 땀 흘리며 가꾸고 가을이 되어 수확할 때의 기쁨은 무엇에다 비교할 수 없을 정도로 흐뭇할 것만 같다. 오늘 하루는 농부가 되어 본 느낌이었다. 온갖 정성을 들여 작물을 키우는 농부의 마음과 애지중지 자식을 키우는 어머니의 사랑은 일맥상통한다.

잠시 시간을 내서 평창군 봉평면 창동리에 있는 소설가 이효석이 태어나고 자란 마을을 가보았다. 그분의 단편소설 〈메밀꽃 필 무렵〉에서 묘사된 경치를 연상하고 갔다. 메밀꽃이 하얗게 무리 지어 피어 있는 아름다운 모습을 상상했었다. 그런데 메밀이 듬성 듬성 자라는데 잡초가 섞여 있어 경치는 영 볼품이 없었다. 아마 달빛에 보는 경치가 아니어서일까?

주인공이 사랑을 나누었다는 물레방아는 호기심의 대상이었다. 그것은 지금도 돌아가고 있었다. 오일장이 열린다는 이곳, 오늘은 장날이 아니라서 분주함은 없었지만 아담하고 정겨운 모습이었다. 소박하고 호젓한 시골 장터를 엿보고 온 느낌이었다. 봉평장 구경은 호기심의 대상이라 그리워했는데 실제로 보고 나니까 실망스러웠다. 하지만 버킷리스트 하나를 이룬 셈이라 흐뭇했다.

새로운 프로그램이 기다리고 있었다. 각자 야산에 올라가서 나물을 채취하는 순서였다. 나물과 풀을 구별할 수 있어야 하는데 자신이 없었다. 마치 시험을 보는 느낌이었다. 각자 흩어져서 나물을 뜯었다. 나는 참취, 쑥부쟁이 같은 흔한 것 외에는 아는 것이 없다. 그래서 부드러워 보이는 풀은 혹시나 하고 채취했다. 우리 회원 대부분이 그럴 것 같다. 그러니까 독이 있는 풀이 섞일 수 있다.

우리를 초청한 단체에서 다음 순서로 각자 채취한 나물을 앞에 놓고 검사받을 수 있도록 기다리란다. 나물과 풀을 구분해 주는 분이 일일이 검사를 해주었다. 정말 좋은 아이디어다. 내 앞에 나물이라고 늘어놓았는데 반 이상을 나물이 아닌 것으로 판정받았다. 예견했던 터라 실망은 하지 않았지만 땀 흘린 시간이 아까워서 허탈할 뿐이었다.

'서울내기는 어쩔 수 없어.'

자신을 위로했다. 하지만 재미있고 유익한 행사였다. 이런 행사가 계속되면 도시와 농촌의 유대 관계가 원활해져서 편리하리라는 생각이 든다. 주관하신 평창군청의 세심한 배려에 감사드린다.

그동안 집 앞에서 쉽게 샀던 채소를 직접 수확해 본 것은 참신한 경험이었다. 조금 비싸더라도 우리 농산물을 애용하여 농민들의 수고를 헤아려주자. 그들을 도우며 살아가는 도시인이 되면 태풍피해를 입은 농민에게도 큰 힘이 되리라.

애국자가 별것이더냐? 서로서로 돕고 살면 되는 거지. 외국여행을 고집하기보다 우리의 농촌을 둘러보는 체험여행을 하여 신토불이 우리 것을 사랑하는 마음을 키웠으면 싶다.

신세대에게 바란다

첫 딸을 순산하였으나 환영 받지 못했다. 오십여 년 전 그때는 그랬다. 첫 아들을 낳지 못한 것이 죄인인 것만 같아 의기소침한 상태로 지냈다. 다행하게도 둘째는 아들이었다. 세상을 다 얻은 것처럼 기뻤던 일들이 주마등처럼 스쳐간다.

그 시절에는 아들이 없으면 며느리 역할, 아내 구실 제대로 못 하는 것이 되었다. 그래서 아들을 볼 때까지 계속 출산을 하게 되어 원치 않게 많은 자녀를 키워야 하는 경우도 흔했다. 지금은 아들 딸 구별 안하고 출산 자체를 귀중히 여기는 시대라 세상이 평등해졌다.

아들과 딸은 다 같은 자식이지만 특징이 있다. 아들은 제 짝을 찾으면 어미와는 어느새 남남이 되어 서먹해 진다. 오죽하면 장가 간 아들은 '희미한 옛 사랑'이라는 유행어가 되었겠는가? 직장에 매이고 가정에 충실하다보면 부모에게는 소홀해 질 수밖에 없다. 그래서 나는 아들들의 태도를 나무라지 않는다.

지금 세대는 여자들의 위상이 한껏 높아졌다. 남편이 설거지하는 모습은 예사이고 요리, 집안 살림, 육아까지 부부가 함께 부담해야만 편안하고 정상적인 가정이 된다. 텔레비전 프로를 보면 요리하는 장면이 흔하다. 모두 하나같이 남자 셰프다. 요리를 해보면 힘이 많이 든다. 그래서 힘센 남자가 하는 것이 적합하다는 생각이 들지만 내가 젊었을 적에는 남자가 부엌에 들어가는 것이 금기시 되던 시절이었다. 처음에 남자가 하는 요리 프로그램을 보고 어색했는데 요사이 보면 아주 자연스럽다. 이제 눈도 중독이 되었나 보다.

딸은 안부전화를 자주하고 동성인 관계로 고민도 같이 나누게 된다. 딸이 어느새 두 자녀를 둔 엄마로서 고민이 너무나 많다면서 둘도 힘든데 셋을 키운 이 어미를 존경한다고 추켜세운다. 가정에 풀리지 않는 일이 있어 의논을 해 오면 해결점을 찾아 풀어주기도 한다.

다 같은 자식이지만 딸은 살갑고 편하여 말이 잘 통하지만 아들은 나이 들면 어렵다. 집안 대소사를 의논할 때면 그의 의견에 토를 달 수가 없다. 며느리 또한 내 자식이지만 함부로 대할 수 없고 칭찬 위주로 대화를 한다. 사위도 내 자식이나 마찬가지지만 딸을 통해서이기 때문에 한결 부드럽다. 그래도 만만치는 않다.

딸네와는 호주로 외국여행을 다녀왔고 제주도에서 한 달 살기도 했다. 강원도 일대를 일주한 일도 있었다. 가족여행을 할 때면 꼭 초청하여 동행하게 된다. 큰아들과는 제주도 콘도에서 휴가를 즐긴 적이 있다. 차남도 어느 해 봄 자동차로 남도 일대를 일주일

간 여행했다. 돌아보면 자녀들 저마다 나름대로 이 어미에게 효도를 하였다. 자녀를 키우면서 인생을 배우게 된다. 자녀들은 어떤 형태로든 부모에게 효도한다. 자식에게는 무조건적인 사랑을 주지만 되돌려 받게 된다. 자녀를 성의껏 키우면 반드시 좋은 결과가 있다.

정부에서 '딸 아들 구별 말고 둘만 낳아 잘 기르자'란 표어를 만들어 인구 억제정책을 쓸 때가 있었다. 얼마나 근시안 적인 생각인가? 지금은 노년 인구가 늘고 신생아 탄생은 줄고 있어 큰 걱정거리인데 그때와 비교하면 격세지감을 느낀다. 출생률이 세계에서 가장 적은 나라가 대한민국이다. 신생아가 줄어든다는 것은 일할 젊은 사람이 점점 준다는 것이다. 농업에 일손이 필요하고 공장도 생산 인력이 필요하다. 자원이 빈약한 우리나라에서 노동력이 줄어든다는 것은 아주 심각한 문제다. 먹거리와 매일 쓰는 물건은 누가 만들어 낼 것인가.

지금 사회전반적인 흐름은 대중음악과 더불어 영화 같은 대중예술을 활발히 추진하는 태세이다. 대중 예술도 물론 필요하지만 생산 현장에서 일할 젊은이가 부족하면 사회가 올바로 흐르지 않을 것이다. 의식주 해결 없이 예술만 발달한다면 모래위에 성을 쌓는 것과 같은 결과가 나올 것이다.

우리는 지금 가장 위험한 시대에 살고 있다. 젊은이들의 경제 여건이 나날이 빈곤해 지는 것도 큰 문제다. 가정을 꾸릴 형편이 안 돼서 독신자도 많고 혼인한 사람도 아이 갖기를 꺼린다는 것에 우려하지 않을 수 없다. 인구가 자꾸 줄어든다는 것은 종족 보존이 어렵다는 것인데 이것은 인류 역사 이래 가장 큰 비극에 속한다.

모든 생명체는 종족을 퍼뜨리는 것을 가장 큰 과제로 생각하지 않던가? 만물의 영장인 사람에게서 대가 끊긴다면 어떤 결과로 귀결될 것인가 두렵다. 끊기기야 하겠냐만 인구가 줄어드는 자체도 노동력이라는 자원을 잃어버리는 것이다. 노동력이 부족하면 산업생산력도 먹을거리도 순환이 안 될 것이 뻔하다. 이것은 재앙에 속한다. 일할 젊은이들이 자꾸 줄어든다는 것에 우려를 금할 길이 없다.

지금은 아파트 단지마다 어린이 집이 있다. 그곳에서는 아직 걷지 못하는 어린아이도 맡아서 돌보아주고 가르친다. 어린이집 수업료는 정부지원이다. 어려서부터 사회성을 키우는 것은 물론 정부가 맡아 주는 것이다. 우리가 젊은 시절 걷지도 못하는 어린이를 수업하러 보낸다는 것은 상상할 수조차 없었다. 산모에게 주는 혜택 또한 많다. 임신축하 선물, 출산 선물, 임산부 할인음식점, 가사 돌봄 서비스와 택시비 지원까지 한다. 우리 젊었을 적 하고는 차원이 다르다. 어린이 키우기가 수월해 졌다. 부모급여도 지급할 예정이다.

아이를 키우는 데는 많은 힘과 재원이 필요하다. 그러나 한번 뿐인 인생인데 인륜지 대사인 혼인도 치러보고 자녀도 낳아 키워봐야 진정한 삶을 맛볼 수 있지 않을까.

자녀를 키우다 보면 기쁨과 어려움이 반드시 공존한다. 누구에게나 시간은 똑 같이 흐른다. 평범한 것이 가장 아름답다. 선조들이 했던 것처럼 서로 사랑하고 결혼하여 아이를 낳아서 나라에 애국하고 정상적인 생활을 영위할 수 있기를 새로운 세대에게 간절히 바란다. 옛말에 '인간은 의식하든 않든 간에 자식을 통해 불멸(不滅)과 영생(永生)을 꿈꾼다' 하지 않던가.

딸 출산에 실망하고 아들 출산하여 기쁨으로 들떴던 기억은 옛날이야기가 됐다. 성별 가리지 않고 축복받는 환한 세상이다.

장마

장마는 육칠 월부터 시작된다. 여름철, 여러 날 계속해서 비가 내리는 현상이나 그 비를 이르는 말이다. 한자로는 임우(霖雨)라고 한다. 장마 기간은 30~35일이나 계속되지만 비만 내리는 것은 아니다. 실제로 비 내리는 날은 2~3주 정도에 불과하다. 그 기간은 연도별로 차이가 매우 크다.

장마는 우리나라를 비롯한 동아시아 국가들의 대표적 여름 날씨이며 이 시기에 내리는 비가 연 강수량이 30퍼센트 이상을 차지한다. 그 때문에 장마를 제5의 계절이라고도 부른다. 연일 지속적으로 쏟아지는 않고 보통 갑작스럽게 쏟아지다가 그치기를 반복하는 집중호우의 형태를 취한다. 최근 장마는 '야행성 장마'라 하여 낮에는 소강상태를 보였다가 밤이 되면 국지성 호우가 세차게 쏟아지는 경우가 많다.

러시아 지역에서 차갑고 습한 오호츠크해 북태평양 기단 사이 정체전선이 생겨 장마가 된다. 오호츠크해 기단뿐 아니라 차갑고 건조한 시베리아 기단까지 일정 부분 장마에 기여하는 특징을 보인다. 또 다른 원인으로는 베링해의 얼음, 티베트 고원에 쌓인 눈의 양에 따라 고기압의 형성 속도에 차이가 발생하는데 이러한 한반도 남쪽과 북쪽에 있는 고기압이 이동하는 속도에 따라 장마철이 시작되는 날짜가 달라진다. 북태평양 고기압이 확장되고 오호츠크해 기단이 물러나면서 장마가 끝난다. 이후 북태평양 고기압이 한반도를 지배하기 시작하면 무더위가 계속되고 한여름에 접어든다.

장마 때 내리는 비를 장맛비라고 한다. 장맛비의 영향으로 가뭄이 해결되고 농사에 도움이 되며 물 걱정을 덜게 된다. 습도가 높아져 미세먼지와 산불 걱정이 사라진다. 지나치게 내리면 강이나 호수가 범람하여 자연재해가 발생한다.

장마철에는 어김없이 채소와 과일 가격이 상승한다. 장마철은 건조한 기후를 좋아하는 작물은 견디기 힘든 시기이다. 일조량이 떨어져 광합성을 못 하고 계속 비를 맞으니 잎과 열매의 조직이 견디지 못하고 쉽게 썩게 된다. 장마철에는 쌈 채소, 상추 가격이 삼겹살보다 더 비싼 때도 있다. 장마 때는 실내 환기가 힘들고 습기가 찬다.

우리나라 여름은 장마철 온도가 높기 때문에, 환기가 안 되는 집안 환경과 맞물리면 여러모로 찜찜한 느낌이 든다. 자주 환기하여 개인위생에 각별히 주의를 요하는 때이다. 장마철에는 어두운 날씨 때문에 분위기가 몽환적이라서, 햇볕 쪼이는 시간이 줄어들어 우울한 기분이 들게 된다. 잦은 비도 야외 활동에 제한을 준다.

습도가 높고 불쾌지수 또한 올라간다. 장마 전에는 가물어서 농작물에도 피해가 되고 물이 부족한 때도 있다. 그럴 때 여름철 장마로 우리나라는 심각한 물 부족을 면할 수 있다.

장마 하면 아련한 추억 하나가 떠오른다. 첫딸을 낳자 집안 어른들, 남편까지도 몹시 서운해했었다. 첫딸은 살림 밑천이라고 주위에서 위로를 해도 들은 척도 아니해서 산모인 나의 가슴은 시퍼렇게 멍이 들고 울음을 참으면서 미역국을 삼켰다. 그 정도로 슬펐다. 첫째 낳고 삼 년 동안 벼르고 별렀다.

'둘째는 꼭 아들을 낳아 집안 모든 식구들에게 기쁨을 주리라.'

둘째의 태기가 있자 아들을 얻기 위하여 얼마나 소원했던지 열 달 동안 태교를 하느라 고생했다. 아들 갖는 데 좋다는 것은 다 구해다 먹고 식성에 맞지 않아 토하면서도 참았다. 자세도 바르게 하고, 임신부 시절 내내 가슴을 졸이면서 불안하게 지냈다.

드디어 1966년 6월 18일 새벽 아들을 낳았다. 태교 덕을 보았는지 내 정성에 하느님도 감동하였는지 소원성취를 했다. 세상을 다 얻은 듯 기뻤다. 더위가 막 시작되는 때이다. 바라던 것이 이루어지고 나니 무거운 짐을 내려놓은 듯 날아갈 듯 가벼웠다. 그렇게 얻은 아들은 입학해서부터 줄곧 전교 일 등을 했다. 그 아들은 나의 정성에 어그러지지 않게 어려서부터 지금까지 효도하고 있다. 정성 들인 만큼 대가가 있는 법이다.

산후조리를 하면서 누워있을 때 장마가 들었다. 한낮인데 집 뒤란에 갑자기 물이 불었다. 혼자 있었기에 산모인 내가 물길을 터주어야 했다. 그 시절에는 장맛비 하면 갑자기 장대비가 쏟아져서 앞이 보이지 않을 정도로 길을 온통 물바다로 만들던 때였다. 뒷집과 사이에 좁은 골목이 있었는데 장맛비로 물이 한꺼번에 몰려 물길을 터주느라 한참을 물속에 있었더니 오한이 나고 기력이 달려서 며칠 동안 앓았던 기억이 떠오른다. 유월이 오면 장맛비가 퍼붓듯이 내리던 모습 하며 아들 낳고 세상 다 얻은 것처럼 행복했던 추억이 엇갈려 떠오른다.

올해는 봄 가뭄이 매우 심하다. 비 내리는 날을 좀처럼 볼 수가 없다. 하늘에 구름이 몰려와서 비가 좀 내릴까 하면 어느새 바람이 불어와 구름을 멀리 보내버리니 다시 맑아진다. 가뭄이 심해서인지 산불이 자주 발생한다. 나무는 심으면 몇 해 지나야만 제구실을 하는데 산불이 나면, 한순간에 모두 쓸어가 버리니 자연재해 중에서도 가장 심각한 문제다. 비가 내리면 산불이 나지 않지만 설사 불이 난다 해도 비를 맞으면 저절로 꺼진다. 장마라도 들어야 비 구경을 하려나 보다.

6월 6일 현충일 아침이다. 엊저녁에 비가 조금 내린 듯하다. 금방 그쳐서 아쉽다는 생각이었는데, 텔레비전에서는 대통령이 서울 현충원에서 추념식을 거행하는데 비가 많이 내리고 있었다. 아! 비다. 열심히 국정에 애쓰는 대통령에게 비를 내려 복을 주는 것 같아 보기 좋았다. 추념식을 하는 분들은 우비를 입고 우산을 쓰고 불편하겠지만 가뭄에 비는 복이 아니겠는가.

장마는 필요불가결한 우기(雨期)이다. 생명 있는 모든 동식물은 물 없이는 하루도 살아갈 수가 없다. 물이 없는 세상은 상상할 수조차 없다. 늘 쓰는 물이지만 장마로 피해를 볼 수도 있다. 하지만 장마철에 대한 대비를 잘해 두면 큰 걱정은 하지 않아도 된다. 항상 감사하는 마음으로 물을 아껴 쓰고, 장마로 환경이 나빠져도 꿋꿋이 참아 내는 마음을 키우자.

캄포도마

    도마는 음식을 만드는 데 꼭 필요한 주방도구다. 식품을 썰거나 다지기 위하여 칼과 함께 쓰인다. 용도에 따라서 여러 종류가 있고 우리가 매일 먹는 음식을 조리할 때 꼭 필요하다. 칼과 한 쌍이 되어야만 제 기능을 발휘하는 도구다. 전통음식을 만들 때는 무쇠칼을 쓰는 경우가 대부분이어서 도마는 두꺼운 것일수록 좋다. 그렇지만 지금은 무쇠 칼이 아닌 것이 대부분이어서 도마가 두껍지 않아도 괜찮다. 어쨌거나 도마는 쓰기 쉽고 보기 좋으며 위생적이라면 더 바랄 것이 없겠다.

    내 기억을 더듬어 선물할 사람을 생각하여 꼽아본다. 많지는 않지만 몇몇 분이 떠오른다, 주위의 지인 중에 텔레마케팅을 하는 분이 있다. 그분의 소개로 마침 좋은 물건을 런칭한다는 연락이 왔는데 그것이 '캄포도마'라는 상품이다.

    캄포도마는 호주산 원목이다. 호주의 기후 덕분에 목재 무늬가 화려하고 아름답다. 보기에도 적절한 크기로 가로 40, 세로 27, 두께 30센티미터이고 가로 쪽으로 길이가 11센티미터 되는 손잡

이가 있으며, 결이 선명하게 보이는 도마이다. 세척 시 베이킹 소다나 표백제는 사용하지 말고 사용 후에는 흐르는 물에 세척 후 마른 수건으로 닦아서 공기가 잘 통하는 곳에 보관하면 그만이다. 여름철 일주일에 일 회 정도 도마 표면에 물을 묻힌 후 고운 소금을 뿌린 후 10분 뒤에 행주로 문지르고 물로 씻으면 된다.

받는 분에게 직접 배송이 된다고 하니 선물하기 아주 적당할 것이다. 부엌에서 쓰는 도마가 선물용으로 적합한가 하는 의문이 들면서 망설여진다.

세상은 급속도로 변화하고 있다. 부엌에서 식품을 썰고 다듬고 이렇게만 사용하는 것이 도마인데 요사이 '서빙도마'라고 하여 음식을 만들어 내어놓을 때 사용한다. 접시처럼 간단한 과일이나 빵 수육 같은 것을 담아 놓으면 예쁘고 색다른 느낌이다. 언젠가 방송에서 요리사가 완성된 음식을 도마에 차려 놓은 것을 보고 멋스럽다고 느낀 때의 생각이 얼핏 스쳐 지나간다. 그렇다면 도마가 선물용으로 적합할 수도 있겠다.

우리는 누군가에게 선물을 해야겠다고 느끼는 때가 가끔 있다. 어떻게 그런 생각을 하느냐고 하지만 그것은 나만이 가진 특성이다.

나는 생각에 잠긴다. 그동안 자녀들과 또한 가까이 지내는 분들에게 특별한 날이 되면 선물을 했었다. 지금까지는 꽃이나, 케이크, 그리고 현금봉투를 보내는 것이 전부였고, 기념할만한 선물을 준 기억이 없다. 그런데 지인으로부터 이번에 소개받은 캄포도마는 선물용으로 색다르기 때문에 쉬이 잊히지 않을 것 같다. 도마는 오래 간직할 수 있고 영구히 남을 수도 있다. 선물로는 최적(最適)이 아닐까 하는 생각마저 든다. 나는 실행에 옮겼다. 결과는 대성공이었다. 선물을 받은 분으로부터 즉시 답장이 왔다. 모두들 감탄하면서 흡족해하는 모습이었다.

"고급 선물을 주셔서 고마워요." 하는 분이 있는가 하면 "나무 특유의 향이 좋아서 기분이 상쾌해져요."라고 하기도 하고 "과일 썰어 놓는 접시로 쓸까 생각 중입니다." "어마나 이것은 도마가 아니라 인테리어 소품 같아요." 하면서 칭찬이 자자했다. 받은 사람들이 모두 마음에 쏘옥 든다니 얼마나 흐뭇한 일인가.

선물은 받은 사람이 기뻐하지만 실은 주는 쪽이 더 행복하다. 선물할 상대가 있다는 것은 순리적으로 살아왔다는 자부심을 가져도 좋다. 선물을 받고 싶은데 못 받는 것은 예삿일에 속하지만, 주고 싶은 선물을 못 주는 마음은 얼마나 허전하고 슬퍼질까 하는 생각이 든다.

상대방에게 주는 선물, 이것은 받을 분의 취향을 모르는 것이라서 어려운 일이다. 지혜롭게 생각하여 적당한 선물을 권해 준 지인이 고맙기 그지없다. 받은 쪽에서 고맙다고 화답해주니 나 또한 기쁨이 넘친다. 즐겁고 행복한 이 기분을 오래오래 지속하였으면 좋겠다.

잡초

풀은 식물학적으로 초본(草本)이라 하며 목본(木本)에 대응하는 말이다. 사람들에게 많이 밟히는 풀은 높이 자라지 못하고 옆으로 퍼지는 형태를 띤다. 질경이, 왕바랭이, 민들레 등이 있다. 사람에게 비교적 적게 밟히는 곳의 풀로는 강아지풀, 명아주, 달맞이꽃이 있다, 여뀌, 자리공, 닭의장풀 등은 길가에서 벗어나 있거나 물가에서 자라기 때문에 사람들에게 밟히지 않는다.

풀은 모름지기 생명의 근원이다. 풀이 돋아나지 않는 곳은 생명의 땅이 아니다. 사람도 땅 위에 발을 붙이고 살아간다.

'풀 한 포기 안 나는 척박한 땅이군요.'라는 말은 땅이 기름지지 못하고 메말라서 사람조차 살기 힘들다는 뜻이다. 그토록 흔하게 보던 풀들은 다 어디에 있을까?

도시의 길은 시멘트 보도블록으로 되어 있지만 그 틈에도 풀이 자란다. 풀이라는 테두리 속의 그들은 흙이 조금만 있어도 틈에서 자라고 있으니 대단한 생명력이다.

"관리 아저씨 풀 좀 뽑으세요. 지저분하잖아요. 저쪽 화단은 풀

없이 깨끗하게 정돈돼 있는데."

아파트 주민 한 분이 관리실 문을 열고 핀잔을 준다. 그러니까 잡풀을 정리하라는 것이다. 품격이 있는 꽃과 잔디는 귀하게 여겨 재배하고 그 이외는 없애라는 잔인함이다. 화단의 풀은 그동안 밟히지 않고 고이 자랄 수 있어서 좋아했는데 무명초 신세라 이제 죄다 뽑히게 됐다. 차라리 길가 보도블록 틈에서 매일매일 밟히며 자라는 것이 훨씬 수월하지 않을까? 사람들의 무관심 속에 뽑힐 염려가 없으니 말이다.

문득, 시골 쥐와 도시 쥐 동화 생각이 난다. 도시 쥐는 시골 쥐에게 도시로 오면 먹이가 많으니 오라고 권한다. 시골 쥐는 먹이의 질과 양이 좋다는 도시를 동경하여 어렵게 상경했다. 말처럼 기름지고 좋은 음식이지만, 사람들이 자주 드나들어서 들킬까 봐 위험하고 불안해서 견딜 수가 없었다. 시골 쥐는 먹이의 질과 양은 형편없지만, 마음 편히 살아갈 수 있는 한적한 시골이 그리워서 다시 돌아갔다는 이야기다.

시골은 산과 들 어디나 풀들이 무성하게 돋아나 자라고 있다. 빼곡히 자라고 있는 풀숲, 억새밭에 바람이 불면 마치 바다의 파도인 양 넘실대는 모습은 낭만적이다. 바람을 먹은 들판의 연초록빛 향연은 싱그러운 모습으로 나를 매료시킨다.

환경이 좋은 집에 태어나서 자라는 사람 즉 금수저로 살아가는 인생이 있다. 대부분 그들의 생활 태도는 부모에게 모든 걸 의존한다. 요사이 주위에서 흔히 볼 수 있는 모습이다. 오죽하면 '캥거

루족'이라는 신조어가 생겼을까. 대학까지 졸업하고 자립할 나이에 부모에게 경제적으로 기대어 사는 젊은이를 일컫는 말이다. 그 상황이 캥거루 새끼가 어미의 육아랑(育兒囊)에 있는 것과 같다는 것에 비유한 말인데 현재 대한민국의 사회문제이다. 다시 말해서 우리나라 청년실업 사태를 표현한 말이다.

취업문제가 심각한 사회문제로 떠올랐는데 이는 우리나라만의 문제는 아니다. 일본에서는 돈이 급할 때만 임시취업을 할 뿐 정규 취업은 하지 않는다는 뜻으로 '프리터'라고 부르며 영국에서는 부모의 퇴직연금을 축낸다고 '키퍼서'라고 부른다. 직업 없이 아르바이트 생활을 하는 프리터족이 우리나라에도 있다. 2016년 이후 매년 증가하는 추세다. 어쩔 수 없는 상황 때문에 프리터 생활을 하는 것으로 나타났다.

국가의 미래인 젊은이들의 프리터족 비율이 높아진다는 것은 우려할만한 일이다. 국가는 취업의 문을 활짝 열어 효율적이고 적극적인 대책을 세울 필요가 있다.

독수리는 절벽에 둥지를 틀어 새끼를 키우는데 암컷과 수컷이 교대로 먹이를 가져와 잘게 찢어주며 정성스럽게 키운다. 어느 정도 자라면 나는 연습을 시킨다. 어미가 시범을 보이면 새끼는 바람을 이용해서 날개를 활짝 펴고 따라 한다. 나는 연습에서 실수로 땅에 떨어진 새끼는 절대 돌보지 않는다. 새끼는 피나는 연습 끝에 혼자 날아다닐 수 있게 된다. 부화한 지 사 개월이면 홀로서기를 한다. 사람이라고 무엇이 다를까.

성년이 되면 부모와 상관없이 자립해서 살아가야 하는 것이 인생여정이다. 우주의 모든 생물은 성장하면서 자생력을 키워서 살아가는 것이 정한 이치다. '젊어 고생은 사서 한다'고 한다. 금수저인 저들은 부모의 도움으로 부족한 것 없이 생활하고 있지만 오히려 독이 될 수 있다. 흙수저로 살아온 인생은 어려움을 극복하는 힘이 강하다.

어린 나이에 가장이 되어 지하방에서 어렵게 살았던 생활이 평생의 교훈이 되어 죽을 각오로 노력하여 성공했다는 이야기를 가끔 듣게 된다. 그런 모습을 보면서 우리는 감동한다.

방송에 나오는 연예인 중에도 어려웠던 때를 증언하는 삶을 보게 된다. 편모슬하에서 어렵게 자라 고생 끝에 뜻을 이루었다고 한다. '시련은 있어도 실패는 없다'는 정주영 회장의 명언이 생각난다.

나는 풀 같은 거친 삶을 좋아한다. 과보호를 받으며 사는 화단의 꽃이 아니라 들판에서 자유롭게, 또는 보도블록 틈새에서 고난을 이기며 살아가는 잡초 같은 인생이 바람직하다고 생각한다. 잡초는 좌절을 모른다. 짓밟혀도 일어나는 강인한 생명력을 길러야 한다.

우리나라 젊은이들 모두 잡초처럼 자생력을 키우며 힘차게 살기를 희망해 본다.

비오는 날의 쇼핑

비 오는 날은 쇼핑을 하고 싶다. 재래시장도 좋고 백화점도 괜찮다. 사람들 대부분은 비가 오면 옷이 젖고 꿉꿉해지니까 외출을 꺼린다. 사람들이 궂은날 외출을 싫어하기 때문에 그 한산해진 틈을 나는 좋아한다. 우선 교통이 복잡하지 않고 길이 술술 뚫려서 후련하다.

시장이나 마트는 한산하니까 물건을 마음대로 고를 수 있다. 상점 주인의 조언을 받아야 하는 상품은 한가해서 정성껏 배려해 선택해 주니 손님 대접을 충분히 받는 다는 기분이다.

빗속이라 우중충하면 외출할 때 그다지 차려입지 않아도 흉 될 일이 없어서 편하다. 맑은 날처럼 깔끔하지 않아 볼품이 없겠지만 빗물에 옷에 좀 젖으면 어떠랴. 비가 조록조록 내리면 더 없이 좋겠지만 천둥소리와 폭우만 아니라면 한쪽 어깨가 조금 젖은들 무엇이 대수이랴. 우산을 나란히 쓸 동행이라도 있다면 화룡점정(畵龍點睛)이겠지만.

손녀 돌팔지를 구입하려고 생각 중에 있었다. 쥬얼리 백화점에 가려던 참이었다. 그런데 갑자기 비가 내렸다. 돌잔치 날짜는 아직 한 달 여 남았지만 비 내리는 날 쇼핑하고 싶은 마음이 발동했다.

꽤 힘차게 내리는 비를 맞으며 집을 나섰다. 거리는 한산했다. 빗물이 줄줄 흐르는 우산을 접으며 버스에 오르니 역시 승객이 몇 안 되었다. 차속은 습한 공기로 약간 비릿한 특유의 냄새가 났지만 개의치 않았다.

쥬얼리 백화점에 들어서니 예상한 대로 늘어선 상점마다 손님 하나 없이 휭 하니 비어 있었다. 오래전부터 단골로 다니는 상점 앞에 걸음을 멈추었다. 사장은 남자 분이었다. 처음 단골을 정할 때 생각이 났다. 여사장이 대부분인 이곳에 남자분이라 희소가치가 있었지만 장사꾼 티가 나지 않는 순진한 인상이 마음에 쏙 들었었다.

연구원처럼 진지한 표정의 사장이 반갑게 맞이했다. 돌팔찌를 주문하니 여럿을 놓고 고르라는데 고전적인 것과 신세대 디자인들이 보였다. 막상 고르려고 하니 난감했다. 사진을 찍어서 돌쟁이 어미 핸드폰으로 보냈더니 서슴없이 선택을 했다. 편리한 세상이다.

점포가 다닥다닥 붙어 있는데 빗소리만 희미하게 들릴 뿐 손님이 없어 조용한 분위기에서 물건을 구입하는 내가 우쭐해졌다. 한편 다른 점포 사장에게는 미안하지만 단골가게 사장에게는 기를 살려준 것 같아 흐뭇하였다. 내 딴에는 일석이조의 효과를 보았다고 자부해도 좋지 않을까?

비 내리는 날엔 교통이 한산해서 좋다고 했는데 차가 덜 다닌다는 사실을 알았다. 기다리는 차가 자주 오지 않고 띄엄띄엄 다녔다. 시간이 많이 소요된다는 사실을 알고 일찍 서둘러야 했다.

비오는 날에는 수목원 관람도 좋다. 생존하는 생명체 모두는 물, 햇빛, 공기 세 가지가 꼭 필요하다. 초목은 비를 맞으면 잎에 생기가 돌고 맺히는 물방울마다 영롱한 구슬이 되어 아름답다. 꽃들은 다소곳이 고개를 숙이고 수줍은 표정으로 물방울을 머금고 있다.

비 내리는 날 광화문 거리를 걸어도, 경복궁을 둘러봐도 색다른 풍경을 볼 수 있어 좋다. 맑은 날이었으면 사람들이 북적였을 것이지만 한가한 거리에 우산을 쓰고 떨어져 내리는 빗방울을 보며 걸으면 낭만적이지 않겠는가.

대기는 항상 움직이는 물질이라 오염시키지 않으면 그대로인데 인간의 편리를 위해 많이 훼손되었다. 전기를 만드는 원자로나 방사능이라든지 우리가 내뿜는 오염물질이 너무 많아서 좀 줄여야 하는 중요한 시기다. 쓰레기는 또 얼마나 많이 배출되던가. 하루하루가 쓰레기를 더하는 생활이다. 이제는 자연을 생각해서 모든 것을 절제하는 습관을 들여야 한다. 화학비료에 의한 농사도 줄이고 유기농으로 하는 기법이 필요한 시점이다. 힘들더라도 자연 농법만이 우리가 살길이고 미래를 생각하는 매우 중요한 일이다.

공기가 맑아야 양질의 햇볕을 쪼일 수가 있다. 공기가 오염되어 대기권에 정체돼 있으면 유해 물질이 된다. 맑은 햇살이 되어야 지구상의 모든 식물이 필요한 광합성을 할 수 있다. 햇볕을 받아야 열매가 익는다. 익어야 충분한 영양소를 만들고 맛을 낼 수 있다.

물과 공기는 큰 대가 없이 쓸 수 있으니 지구상의 모든 생명체는 축복받은 셈이다. 〈시편〉 65장 10편에서 '주께서 밭고랑에 물을 넉넉히 대사 그 이랑을 평평하게 하시며 또 단비로 부드럽게 하시고 그 싹에 복 주시나이다.' 하신 것과 같이 우리의 먹거리인 식물이 땅에서 충분한 수분을 흡수하여 잘 자라면 결실을 맺을 수 있다. 그렇게 되면 우리는 오늘날과 같이 발전한 환경에서 걱정 없이 살아 갈 수 있다. 자연에 감사하고 서로서로 사랑을 주고받으며 살게 되면 몸과 마음이 건강해져서 행복한 삶을 누리게 될 것이다.

빗속을 걸으며 잠시나마 물의 고마움에 대해 생각해 보았다.

봄맞이

햇볕이 유난히 온화해졌다. 어느새 계절이 바뀌어 봄나물 생각이 간절하다. 소리 없이 오고 있는 봄, 입맛부터 새로운 것을 찾게된다.

우수, 경칩이 지났다. 우수는 빗물이라는 뜻으로 추위가 풀리고 눈과 얼음이 녹아 빗물이 되며 한파와 냉기가 사라짐을 알리는절기다. 경칩이면 삼라만상이 겨울잠을 깬다고 한다. 즉 봄의 시작을 알린다는 뜻이다. 봄기운이 돌고 있음인가. 오후 햇살이 눈부시다. 공기는 유난히 맑고 청명하다. 봄 햇살에 등이 또한 따끈하다.

봄볕에 피어나는 꽃들은 마냥 사랑스럽다. 대부분 노란색이다. 복수초, 생강나무, 산수유, 개나리 등. 봄에는 노란색이 잘 어울린다. 사계 중 첫 계절인지라 처음부터 어둡고 짙은 색으로 자연을 채울 수는 없지 않은가. 노랑은 빨강, 파랑과 함께 일차색이다. 다른 색을 섞어 만들 수 없다. 특징은 밝고 낙관적이며 유쾌하여봄을 상징하는 색으로 적당하다.

회색은 검정도 아니고 흰색도 아니어서 불안정하다면 노랑은 다른 색의 영향을 받기 때문에 불안하다. 다른 색이 섞이면 주황이나 갈색 또는 녹색으로 쉽게 물든다. 지각 측면에서 보면 멀리서도 잘 보이는 대표적인 색이다.

회색의 겨울이 깊어지면 어느새 땅은 습해지면서 봄이 슬금슬금 찾아든다. 봄 햇살에 산천이 피어오른다. 봄꽃이 피면서 나무는 작년 늦여름부터 준비한 꽃눈 잎눈을 피워 내려고 열심이다. 잎눈은 꽃눈보다 작고 가늘다. 동그랗게 부풀어 있는 것은 꽃눈이고 길쭉하게 부푼 쪽이 잎눈이다. 꽃눈에서 겹겹의 많은 꽃잎이 들어 있는 것을 보면 자연의 경이로움에 감탄하게 된다. 축축한 땅에서는 온갖 풀들이 자라난다. 이른 봄 파릇파릇 돋아나오는 새싹, 꽃눈, 잎눈은 갓 태어나서 꼬물거리는 어린아이와 흡사하여 마냥 예쁘고 사랑스럽다.

겨울에 비해 봄이 되면 신체 활동량은 늘어나게 되고 신진대사가 활발해지면서 많은 영양소를 필요로 하게 된다. 에너지 대사를 높이는데 겨울보다 비타민을 세 배 이상 소모하게 된다.

봄나물에는 비타민, 무기질 등 신진대사를 높이는데 필요한 영양소가 풍부하게 들어 있어 봄철 활기를 되찾는 데 도움을 준다. 봄에 나른함을 이겨 낼 수 있으려면 봄나물이 제격이다. 몸 건강에는 제철에 나오는 식품을 고루 찾아 섭취하는 것이 제일 좋은 방법임은 우리의 상식이다.

대표적인 봄나물에는 달래, 냉이, 두릅, 쑥이 있다. 특히 냉이는 독특한 향과 맛을 가지고 있어서 입맛 없는 봄철의 대표적인 식품이다. 뿌리와 잎을 같이 먹을 수 있어서 경제적이다. 달래는 알리신 성분이 있어 원기회복, 자양강장 효과가 있다. 수요가 많아지면서 하우스 재배가 일반화되어 사철 맛볼 수 있는 식재료가 되었다.

두릅은 은은한 향기를 가지고 있다. 단백질과 칼슘 비타민 A, C 섬유소 등이 많이 들어 있다. 다른 채소에 비해 단백질 함량이 높고 아미노산 조성이 뛰어나 영양식품이라 할 수 있다. 피로회복 스트레스 해소에도 도움을 주는데 이는 쓴맛을 내는 사포닌 성분이 혈액순환을 돕고 피로를 풀어주며 칼슘 성분이 신경을 안정시켜 준다. 식품으로서 이만한 것도 드물다. 그런데 나오는 시기는 봄이 무르익는 5월 초쯤이다. 새순이 나온 것만 식품으로 적당하다. 적기가 지나면 먹을 수가 없다. 소금에 절이거나 장아찌를 담가 저장하지만 아무래도 새순일 때 본연의 맛을 살릴 수 있을 게다.

나는 봄나물 중에 두릅을 유난히 좋아하는데 나오는 시기가 너무 짧아서 아쉽다. 양껏 섭취할 수 없어 해마다 불만이다. 두릅나물의 때가 지나고 나면 봄이 다 지나갔나 싶어 서운하다.

'봄볕에 며느리 내보내고 가을볕에 딸 내보낸다'는 속담이 있다. 시어머니의 심술이 담긴 고사이지만, 지금 시대로 해석해 보면 자외선에 의한 기미와 피부의 노화를 말할 때 예시를 드는 속담이라고 할 수 있다. 혹한을 이겨낸 후 맞는 봄볕은 따뜻한데 우리 몸에는 좋지 않은 존재다. 바로 자외선 때문이다.

따스한 햇살은 겨우내 움츠렸던 몸을 기분 좋게 깨운다. 뜨겁지 않기 때문에 온몸으로 햇빛을 받으며 자외선 차단에도 신경을 덜 쓴다. 하지만 넋을 놓고 봄볕을 쬐다가는 피부가 노화되기에 십상이다. 겨우내 자외선에 노출되지 않던 색소 세포가 갑자기 강해진 자외선에 민감하게 반응하기 때문이다. 봄과 가을은 기온이 비슷하지만 실제로 봄볕이 가을볕에 비해 일조량이 1.5배 정도 많다. 자외선 지수도 훨씬 높다. 게다가 건조한 기후 때문에 대기 중에는 먼지가 많다. 꽃가루 황사가 더해지면 대기 속 먼지가 네 배 이상 증가한다. 피부 건강에는 좋지 않은 계절이 봄이다.

나는 대수술을 세 번 했는데 다 봄이었다. 생일은 겨울인데 병을 발견하는 계절은 언제나 봄인 것은 우연의 일치였을까, 아니면 병균이 추운 겨울이라 활동을 못 하고 웅크리고 있다가 만물이 소생하는 계절이 되어 그도 활발히 움직여서 병이 발견되는 것인가.

정형외과 수술 한 번에 외과수술을 두 번 했다. 생일 달에 병이 나면 위험하다는 설이 있는데 수술을 세 번 하고도 결과가 좋았던 것은 생일 달을 피하였기에 건강을 유지한 것일까. 위험한 일을 당할 때 늘 피할 길을 주시는 하나님의 은혜이리라.

코로나바이러스 감염증의 새 변이종 오미크론의 확산으로 확진자가 폭증하고 있다. 비대면을 일상으로 삼고 살아가는 하루하루가 답답하다. 그럼에도 여느 때처럼 봄은 오고 있다. 바이러스가 약해졌다 해도 공포의 대상이 아닐 수 없다. 그렇다고 우울한 봄이 되어서는 안 되겠지.

만물이 기지개를 켜고 한껏 마음이 부푸는 봄은 희망이 샘솟는 계절이다. 답답한 겨울이 지나고 맞이하는 산뜻한 계절, 무엇인가 시작해 보고 싶은 욕망이 가득 차오른다.

어느새 봄이 됐다는 증거인지 나른하게 피곤이 밀려든다. 나물 한 바구니 구해서 입맛부터 돋우어 보자.

여름 과일

우리가 살아가는 데 있어서 영양 섭취는 참으로 중요하다. 건강은 나이 들어가면서 더욱 절실하다. 몸을 생각해서 육식 보다 채식을 중요시하는 것이 요즘 세태이다. 그러나 야채는 위가 약한 사람들이 먹어서 소화를 못 시키는 것이 있다. 내 경우에는 상추를 먹으면 소화가 잘 안 된다. 언젠가 상추를 먹고 급체로 응급실에 실려 간 적도 있다.

그래서 주로 과일을 많이 먹으려고 노력한다. 과일은 비교적 소화가 잘되는 편이다. 그렇지만 한 여름에는 만만한 과일이 없어서 난감한 마음으로 지낸다. 여름에는 제철인 토마토를 선호한다. 토마토는 과일인가? 채소인가? 과일은 사람이 먹을 수 있는 나무 열매요. 채소는 밭에서 가꾸는 농작물이다. 그런 점에서 보면 토마토는 채소와 과일의 특성을 함께 지니고 있다. 결론적으로 토마토는 열매채소, 즉 과채류이다.

나는 종류를 따지지 않고 붉은색 과일이면 다 좋아한다, 유난히 토마토를 즐기는 내 모습을 본 친구들은 달지도 시지도 않고 밍밍한 그걸 무슨 맛으로 먹느냐고 핀잔을 주곤 한다. 자극성이 없는 심심한 맛 그 자체가 매력이라고 응답을 한다.

'토마토가 빨갛게 익을 때면 의사의 얼굴은 파랗게 변한다'는 서양 속담이 있다. 이는 토마토는 좋은 식품이어서 의사가 필요 없다는 뜻이다. 건강검진을 하면 피가 맑고 깨끗하다는 평을 받는다. 특히 과일을 좋아해서 그런 것 같다. 토마토는 세계 십 대 슈퍼푸드에 속하는 식품이 아닌가.

여름 과일이란 것이 별 마땅한 것이 없다. 과일 중 으뜸인 사과는 오래 저장해 두고 먹을 수 있지만, 가을에 수확한 것이기 때문에 지금처럼 한여름에는 별맛도 없고 값도 녹록지 않다. 나는 여름 과일 중에서 복숭아를 제일 좋아한다. 특히 백도는 달콤하고 부드러운 그 속살의 맛, 한입 베어 물면 입안 가득히 고이는 부드럽고 향긋한 맛이 나를 매료시킨다.

어릴 적 할머니께 들은 이야기가 있다. 복숭아벌레를 먹으면 미인이 된다는 설(說)이 있어서 옛날 기방에서는 기녀들이 캄캄한 밤중에 벌레 먹은 복숭아를 먹었다. 그러면 벌레도 같이 먹게 되니 미인이 된다고 하셨다. 물론 근거 없는 속설일지도 모른다. 그러니까 복숭아는 옛날부터 여인들이 좋아했던 과일임이 틀림없다. 6월부터 8월까지가 제철이다. 종류로는 백도와 황도를 선호(選好)하는데 즙이 많고 향이 좋은 과일이다. 기름기가 많은 장어와는 상극이어서 같이 먹으면 설사하기 쉽다. 따뜻한 성질을 갖고 있어서 몸이 찬 사람에게는 좋은데 열이 많은 분은 적당량을 먹어야 한다.

면역력을 키우려면 제철에 나는 음식을 잘 챙겨 먹는 것도 한 방법이다. 복숭아의 효능은 변비 예방이 되고, 비타민 A, C가 많아서 피부 미용에 도움이 된다. 알칼리성 식품이라 불면증을 감소시키며, 칼로리가 낮고 포만감이 있어서 다이어트에 효과가 있다. 면역기능을 강화해 항암효과를 높이고, 항암제 부작용으로 나타나는 신장과 간의 독성을 줄여준다. 그렇지만 복숭아 알레르기가 있는 사람들도 더러 보았다. 까슬까슬한 털을 보기만 해도 기침을 하고 진저리를 치는 사람도 있다.

복숭아는 나오는 기간이 얼마 되지 않는다. 이 짧은 기간에 복숭아를 흠씬 맛보려고 산지에서 직접 샀다. 배달된 상자 포장을 뜯는 순간 무르익은 복숭아 향기가 물씬 풍겼다.

내가 태어난 곳은 과수원이 있는 아늑한 시골 농가 마을이었다. 집을 중심으로 오른쪽으로는 사과밭, 복숭아밭이 있고 왼쪽은 밤나무 산이 있었다. 비가 온 뒤 할머니를 따라 과수원에 가면 낙과가 많이 흩어져 있었다. 발에 채여 못 걸으면 할머니 등에 업혔다. 그때 떨어진 과일을 양손에 하나씩 들고 좋아했던 기억들이 아련하다.

집 앞에 있는 남새밭에는 온갖 채소들이 자라고 있었다. 그곳을 지나면 목화밭이고 그 너머로는 신작로가 있었다. 그길로 할머니를 따라 친척집을 다니던 기억이 가물가물하다. 지금은 마음대로 갈 수 없는 북녘땅, 그곳이 내 고향이다.

어린 나이에 부모님을 따라 자유를 찾아 서울로 왔다. 실향민인 우리는 서울에서만 줄곧 살아왔다. 타향살이 육십 년을 훨씬 넘어 살아가고 있으니 나는 완전한 도시인이 되어 살고 있다고 생각하였다. 그러나 직송된 복숭아를 보는 순간 그동안의 세월을 훌쩍 뛰어넘어 내 어린 시절 고향 과수원에서 나던 그 향긋하고 풋풋한 냄새를 떠올리게 했다. 그동안 찌들었던 가슴속의 묵은 때가 벗겨지듯 시원하고 상큼한 느낌이 들었다.

사람이나 짐승은 귀소본능(歸巢本能)이 있다고 한다. 어렸을 때 본 모습이지만 늘 가슴속에는 마지막에 본 고향집이 고스란히 남아 있다. 고향을 그리는 마음은 언제나 간절하지만 어쩔 수 없는 것이 현실이다. 아직 통일의 그 날이 언제인지 모르니 더욱 고향이 그리울 뿐이다.

몇 년 전 동향의 어느 독지가의 주선으로 금강산에 다녀올 수 있었다. 금강산 만물상 앞에 우두커니 서서 고향 쪽을 하염없이 바라보는 것으로 망향의 한을 달래 보았다. 그마저도 다행으로 생각했다.

방금 직송된 싱싱한 복숭아를 맛보니 잃어버린 고향의 맛과 향기가 되살아나는 것 같았다. 복숭아 특유의 향에 이끌려 동심으로 돌아가는가. 유년의 추억을 더듬는 사이 눈물겹도록 아련한 나만의 시간.

프리지어꽃 필 때면

　겨울은 춥고 쓸쓸한 계절이다. 그렇다고 건너뛸 수도 없으니 봄을 간절히 기다리게 되는지도 모른다. 좀처럼 올 것 같지 않던 봄이 오려나 보다. 입춘이 지나고 몇 차례 비가 내리면 기온이 조금씩 오르면서 시나브로 봄이 온다. 추위는 후퇴와 전진을 반복하면서 우리를 괴롭히지만 봄은 소리 없이 다가온다.

　그 시동은 2월에 들어서면서 각급 학교의 졸업식으로부터 시작된다. 그곳에는 으레 꽃다발이 있기 마련이다. 이른 봄의 꽃다발에는 프리지어가 단연 돋보인다. 프리지어는 향이 좋으며 꽃봉오리가 올망졸망 무리 지어 있는 모습은 아기의 주먹 쥔 손처럼 귀엽고 사랑스럽다. 원산지는 남아프리카이며 추위에 약한 추식구근(秋植球根)이지만 한겨울 노지에서는 얼어 죽기 쉽다. 가을에 심어 놓으면 봄에 꽃이 피고 여름 고온에는 휴면(休眠)에 들어간다. 베란다에서 키울 때는 영하로 내려가는 일이 없게 하고 햇볕이 잘 드는 곳이면 수월하게 키울 수 있다.

　이 꽃의 특성은 고혈압 환자들에게 좋은 영향을 준다는 사실이다. 그 이유는 향기가 우리 몸 안의 교감 신경을 자극해서 흥분을 억제 한다. 그래서 자연스럽게 올라갔던 혈압수치가 정상적으로 돌아온다고 한다.

'집에 꽃을 둔 사람은 걱정과 염려가 덜하고 타인에게 동정심과 배려심을 더 느낀다'는 하버드대 의대 연구 결과가 있다. 계절에 어울리는 꽃을 가까이한다면, 많은 현대인들이 정서적 안정을 취할 수 있다고 한다.

시작을 응원하는 뜻으로 이른 봄 꽃다발에 자주 쓰이는 프리지어, 존경과 사랑의 의미로 오월 어버이날과 스승의 날을 대표하는 카네이션, 황사와 미세먼지를 정화하는 기능이 있다는 스파티필룸과 테이블야자를 농식품부가 '2019년 봄의 꽃'으로 발표했다. 이토록 꽃은 우리 실생활과 밀접한 관계가 있다.

청순함과 천진난만한 모습, 그리고 무엇보다 은은하고 달콤한 향기가 인상적인 꽃 프리지어에게는 애틋한 사연이 전해지고 있다. 숲의 요정 프리지어는 미소년 나르키소스를 사랑하게 되었지만 말수가 적고 내성적인 그녀는 사랑한다는 말을 못 하고 혼자 애만 태웠다. 시간이 흐르면서 그에 대한 사랑은 깊어졌지만 먼발치에서 지켜볼 뿐이었다. 나르키소스는 전혀 그녀의 사랑을 눈치채지 못했다.

어느 날 나르키소스는 옹달샘에 비친 자신의 모습을 보고 반해서 조금이라도 더 가까이 가보려고 하다 물에 빠져 죽었다. 그 모습을 보고 괴로워하던 그녀는 그가 죽은 샘에 자신도 몸을 던져

따라서 죽었다. 이를 지켜본 신들의 왕 제우스는 프리지어의 순정에 감동하여 그녀를 깨끗하고 아름다운 꽃으로 만들어 주고 달콤한 향기까지 불어 넣어 주었다. 애틋한 전설 때문인지 프리지어의 꽃 모양은 청초하고 깨끗하며 향기는 첫사랑에 눈 뜬 청순한 소녀를 연상시킨다.

나는 프리지어꽃을 무척 좋아한다. 봄이 온다 싶으면 거리에 나가서 한 다발 사서 품에 안고 그 향기에 취해보곤 한다. 때로는 막역(莫逆)한 친구로부터 선물로 받기도 한다. 그래도 부담이 안 가는 꽃이다. 올해에도 두 번이나 꽃다발 선물을 받았다. 꽃병에 꽂아 집안에 놓으면 방안에 가득한 향기로 기분이 마냥 좋아지고 일이 술술 풀리는 느낌이다.

프리지어는 선명한 색을 지닌 꽃이다. 지는 모습을 보면 더 매력적이다. 시들어가면서 꽃잎이 흩어지지 않고, 색감은 더욱 짙어져 아름다움을 발하기 때문이다. 대부분의 꽃은 시들 때 추한 몰골이어서 다시 보고 싶지 않지만, 프리지어는 지는 모습도 고고해서 지금 내 방에는 말린 꽃이 병에 한 아름 꽂혀 있다. 봄, 여름에 피고 가을에 지는 것이 꽃들의 생태인데 이는 가을에 심어서 겨울을 나야만 이른 봄에 피고 한여름에는 볼 수 없다는 것이 특이하다.

화려하지는 않지만 그리 비싸지도 않고 향기가 무척 좋은 꽃, 대부분 노란색이지만 흰색, 오렌지색, 파란색과 자주색도 있다. 하지만 프리지어는 노란색이어야 제격이다. 내가 노란색을 좋아해서 프리지어꽃을 좋아하는지, 프리지어를 좋아해서 노란색을 좋아하게 됐는지 헷갈린다. 그저 프리지어꽃만 보면 색과 모양에 반해서 마주 보고 싶고 그 향기에 취해보고 싶다.

'순결, 영원한 우정, 당신의 시작을 응원합니다' 이것이 프리지어의 꽃말이다. 이 또한 내 맘에 쏘옥 든다. 글 읽기를 좋아한다고 해서 네티즌들은 내 별명을 '영원한 소녀님'으로 부른다. 내가 청순한 소녀를 연상시키는 프리지어꽃을 사랑하고 그 꽃의 향기를 좋아하는 것은, 태어날 때부터 정해진 숙명(宿命)이 아닐까 생각한다.

프리지어를 사랑했던 소녀는 아직도 내 마음에 남아 있는데 해마다 봄이면 반백의 여인이 가슴앓이를 한다.

105동 105호

"105동에서 초상이 났다면서요?"

"누군가요?"

난 처음 듣는 소식이라 되물을 수밖에 없었다.

"몸은 뚱뚱한데 운동 안 하고 사우나와 목욕만 하고 가던 분 있잖아요."

"어머나! 나도 알죠."

"그 집 두 분만 사셨는데 나이 적은 마나님이 먼저 돌아가셨네, 여덟 살이나 적다는 마나님이신데…."

"남편 나이가 팔십이 넘었는데 어떻게 하나?"

오늘 체육관에서 들은 이야기이다.

우리 동네는 주민들이 따로 모이는 장소가 없다. 아파트단지 내에 체육관이 있는데 그곳은 주민 대부분이 이용하는 곳이다. 나도 일주일이면 두서너 번 운동하러 다닌다. 거기서는 동네 소문을 다 들을 수 있고, 수다도 떨고 오는 장소다. 즉 옛날 시골 우물가 같은 곳이다. 그곳 체육관에는 열심히 운동만 하는 분, 운동은 뒷전이고 차 마시며 이야기꽃을 피우는 분들의 모임이 있고, 사우나와 목욕만을 즐기는 분, 이렇게 여러 종류의 회원이 있다. 무엇을 하고 있든지 귀로는 온갖 소문을 다 듣게 마련이다.

105동 105호에 사는 분은 나도 잘 알고 지냈다. 특별히 생각나는 것은 인사를 아주 잘하는 분으로 기억한다. 하루에 몇 번을 마주쳐도 깍듯이 인사를 하는 분이다. 지병이 있는 것도 아니고, 소화가 안 되어서 진찰을 받아보니 췌장암 말기로 판정이 났다는 게다. 어려운 병이어서 얼마 앓지 않고 갔단다.

그녀는 아파트 노인회 모임이 있을 때마다 부부가 꼭 함께 참석하는 소문난 원앙부부다. 동네에서 금실 좋기로 유명하여 부러움의 대상이었다. 또한 일 욕심이 많아서 통장도 하고 노인회에서 총무로 열심히 일을 했다. 봉사하면서 수고하고 열심히 살았던 것만은 틀림없는 사실이다. 나는 특별히 친한 것도 없지만 사이가 나쁜 관계도 아니었다.

그녀는 성격이 괄괄하여 이웃과 자주 다투기도 하였다. 동서와도 의가 상해서 십 년 동안 말을 안 하고 살아온 때도 있었다고 한다. 그렇지만 일흔셋에 세상을 하직하고 말았으니 아깝다는 생각이 든다. 이런저런 그녀의 평이 좋지 않은 것 같아서 조금 아쉽다. 살아가면서 좋은 평을 듣는 일도 할 수 있었을 텐데 하는 아쉬움이 있다. 그래서 더욱 나이가 아까운 것이다. 누구나 과거를 회상하면 후회되는 일이 있게 마련이다.

세상 끝나는 날 후회하는 것 세 가지가 있다고 한다. 첫째는 베

풀고 살지 못한 것이고, 둘째는 참고 살지 못한 것이요, 셋째는 행복하게 살지 못한 것이다.

나는 어떤가? 내 주위 분들에게 어떤 평을 받을 수 있을까 생각해 본다. 나 역시 다르지 않게 후회되는 일이 많을 것이다. 나도 어느새 팔십을 바라본다. 나이 팔십이면 산수(傘壽)라 하였다. 『논어(論語)』 「위정편(爲政篇)」에서는 15세면 지학(志學)이요, 30세에 입지(立志), 40세면 불혹(不惑)이고, 50세면 지천명(知天命)이며, 60세는 이순(耳順)이고, 70이면 고희(古稀)라고 했다. 80세는 팔순 외에 별칭이 없다.

산수(傘壽)란 억지로 산(傘)자를 풀어서 '팔(八)이 열(十)' 개이므로 팔십 세가 된다는 것이다. 그러니까 예전에는 팔십 세까지 살기가 어려워서 별칭이 없는 것이 아닐까? 예전에는 팔십 세면 어려운 노령이었던 것 같다.

그렇다면 지금부터라도 남을 배려하는 마음, 그리고 순리적으로 정직한 삶을 살고자 노력해야 하지 않을까? 내가 없는 세상에서 좋은 평을 받고자 하는 것보다 우선 내 마음이 순해지면 자신이 편하고 즐거워서 행복하고 건강해질 것 같다.

'호랑이는 죽어서 가죽을 남기고 사람은 죽어서 이름을 남긴다'는 옛 속담이 있다. 지구상에 그 많은 사람들이 다 훌륭한 일을 해서 역사에 이름을 남길 수 있겠는가?

평소에 착하게 살고 남을 돕는다면 좋은 평을 들을 수 있을 것이고, 역사에 큰 발자취를 남기는 것과 같은 효과가 된다고 믿는다.

하루하루를 순리에 맞게 살며 역지사지(易地思之), 그런 마음으로 살아가고 싶다. 내 책이 옆에 있어 그것을 읽을 때 작지만 확실한 행복을 느낀다. 일상생활에서 소확행(小確幸) 하면서 나이를 잊고 살려고 노력한다.

굽은 나무

수많은 소나무들이 푸른 하늘을 뒤로하고 울창하게 서 있다. 줄기가 구부러졌고 가지는 밑으로 늘어졌다. 목재로는 쓸 수는 없지만 옛 문인화에서 볼만한 나무라 운치가 있다. 마치 친정 조카를 보는 듯하다.

조카는 치매를 앓고 있는 언니를 간병하고 있는 중이다. 그는 시내버스 기사이므로 불규칙한 생활을 하는 직업인이다. 이혼남에 딸 둘을 교육하며 사는 측은지심이 드는 내 친정 피붙이다. 그런데도 그는 불만이 없다. 항상 미소가 떠나지 않는 모습을 볼 때면 내 가슴도 따뜻해진다.

오늘 아침 조카의 전화를 받았다. 치매환자 어머니를 모시고 외할아버지 내외분이 계신 '천안공원묘지'에 성묘를 다녀오고 싶다며 동행해 주기를 원했다. 길이 막히지 않아야 왕복 일곱 시간이 걸리는 거리다.

오랜만에 친정 가족묘지에 가게 되어 마음이 아련하면서도 설렌다. 추석과 구정 성묘는 시댁으로 가야 했기 때문에 기회가 없다. 출가외인이 명절에 갈 수 있는 곳이 아니다.

항상 돌발행동을 하는 치매환자에게 부모님 성묘가 무슨 의미가 있을까 싶지만, 조카는 그러고 싶다니 말릴 수가 없다. 언제 언니를 병구완해 볼 기회가 있을까, 나도 이런 경험을 해본다는 것에 의미를 부여하고 싶다. 이런 기회를 준 조카가 그저 고맙기만 했다. 조카 자신은 운전을 해야 하기 때문에 이모가 꼭 동행해 줘야 한다는 부탁이다. 순간 망설였지만 나는 흔쾌히 승낙했다. 십오 년 환자를 간병한 전력이 있지 않은가.

좁은 차 안이다. 언니는 나를 처음 보듯 낯설어하면서 물병을 던지고 노려보면서 경계한다. 제지하는 손을 뿌리치고 밀치면서 공격적이다. 나는 모든 행동을 방어만 하고 달래며 토닥거려준다. 떼를 쓰는 것도 힘이 들었던지 내 무릎을 베고 잠이 들었다. 젊은 시절 내 아이들을 기를 때가 생각난다. 번잡을 떨던 아기가 잠든 것처럼 사위가 조용하다. 평화 무드가 흐른다. 사람은 태어날 때와 생을 마감할 때의 모습이 다르지 않다는 것일까? 깊이 잠든 언니는 무슨 꿈을 꾸고 있을까, 어머니의 품속에서 포근함을 맛보듯 편안하게 잠들었다. 언니 얼굴이 천사처럼 자비롭고 화평하다.

치매를 앓고 있는 언니는 행동 억제가 안 되니 옆에서 아이 돌보듯 꼭 붙어서 지켜보아야 한다. 조카는 운전을 하고 있으니 오늘 간병 담당은 내가 해야 했다. 종일 좁은 승용차 안에서 씨름하다시피 붙어 있었다. 차에서 내릴 수가 없으니 식사도 할 수 없었다. 호두과자로 허기를 달래면서 목적지까지 가야 했다. 주중이

라 시원하게 뚫린 고속도로를 거침없이 달려 목적지에 도착했다

유택은 산중턱이라 큰 도로를 벗어나서 한참을 가야 했다. '철쭉 5-16' 이것이 묘지 표시판이다. 줄을 서 있는 묘지들 사이를 지나 철쭉5란 표지판을 보고 묘 뒤쪽으로 보이는 숫자 16 앞에 섰다. 아버님 이름을 확인했다.

어머님이 평소 좋아하던 국화 꽃다발을 화병에 꽂았다. 볕이 내려쪼이는 한낮인데 주위가 온통 노란 국화로 환하다. 평생에 언제든 한 번은 꼭 하고 싶었던 일이다.

묘지 앞에서 묵념을 끝내고 나니 원망과 설움이 목을 타고 넘어왔다. 그동안은 나이 순서대로 돌아가셨는데 오빠가 가시고 삼 년 만에 남동생이 사고로 떠났다. 그것이 나는 늘 억울했다. 왜 막내아들을 먼저 데려갔냐고, 언니는 왜 치매란 병으로 고생하게 놔두냐고, 아들을 좋아해서 먼저 데려갔습니까? 그리도 사랑하던 맏딸을 철없는 어린이로 만든 것은 무엇을 의미합니까? 따지고 싶었다. 원망의 말을 쏟아부었다. 막혔던 가슴의 응어리를 풀어보고 싶어서였는데 그것도 아니었다. 후련하지 않았다.

주위를 둘러보니 단풍나무들이 한껏 팔을 벌린 채 진을 치고 있었다. 서울은 아직 단풍이 들지도 않았는데 한참 남쪽인 천안, 여기가 먼저 절정이라니. 몸단장은 왜 그리 곱게 했는지, 그 빨간색에 취해 버렸다. 가을 물에 흠뻑 젖어 들었다. 단풍잎은 결실의 계절에 맞추어 단물이 철철 흐르듯 반짝거렸다. 그 기세에 눌려 내 눈에 고인 눈물이 방울 되어 떨어졌다.

산 아래를 내려다보니 질서 정연하게 앉아 있는 봉분들이 정갈하고 깔끔했다. 잠들어 있는 저들의 생전 모습은 어떠했을까? 사람들이 생전의 모습을 하고 무덤 앞에 서 있는 상상을 해보았다.

귀경길은 한결 수월했다. 우선 언니가 안정을 찾은 듯 양순해졌다. 언뜻언뜻 나를 알아보기도 하고 돌봐주어 고맙다는 인사까지 깍듯이 했다. 흘러간 노래를 잘 불렀고 흥이 넘쳤던 분이라서 노래를 시켰더니 동요를 불렀다. 어린이가 된 듯 천진난만하기만 했다. 비로소 흰 옥양목 같은 진정성 짙은 언니를 본 듯했다. 거부할 수 없는 이 현실.

'아! 세월이 원망스럽다.'

우리는 가끔 건망증에 시달린다. 뇌가 늙으면 대개 치매 증세가 오는 것은 자연 현상이다. 치매를 몹쓸 병이라 해도 사랑으로 따뜻하게 감싸주면 공격적이던 환자도 온순해지고 친근하게 다가온다는 것을 실감했다.

조카는 삼 남매 중 인물은 출중했으나 공부하고는 맞지 않았는지 학교 성적이 좋지 않아서 집안의 근심거리였다. 대학 갈 나이 이십일 세에 남미로 이민을 갔다. 낯선 땅에서 이것저것 직업을 가져 보았지만, 적성에 맞지 않았는지 성공하지 못하고 사십삼 세에 고국으로 되돌아왔다. 그곳에서의 생활은 시계수리공, 봉제기술 같은 몸으로 하는 기술을 힘들여 배웠지만 직업으로 연결을 하지 못했다. 타국에서의 떠돌이 생활은 힘들고 고달팠단다.

그는 지금 서울시내 버스기사다. 무사고 기사로서 괜찮은 대우를 받고 있다.

"이모 나는 프로운전기사예요. 서울시 버스는 초록색과 파란색이 있는데 파란색 버스기사가 더 노련한 기사예요. 파란색 버스기사로서 지금에 만족하고 살아요."라고 자랑했다. 그래 맞다. '굽은 나무가 선산을 지킨다'는 말의 의미를 곱씹어 보았다.

오늘도 조카는 서울 시내를 달린다. 버스 노선을 따라 조심스럽게 운전을 한다. 바쁘게 일하면서도 치매 앓는 어머니를 성의껏 모신다. 간병은 힘들지만 어머니와 함께라는 것만으로도 행복하다고 미소를 짓는다. 천사를 만난다면 저런 모습이 아닐까.

모범 경찰관

텔레비전 드라마를 보면서 무료함을 달랜다. 제목이 모범형
사다. 강력팀장 강 형사가 살인 용의자를 발견하여 뒤쫓는데 범인
으로 지목된 자가 도망하다가 교통사고를 당한다. 체포할 결심으로
열심히 쫓아갔는데 사고를 당하여 병원에 옮겼지만 사망하고 만다.

팀장은 자신 때문에 죽었다고 자책한다. 용의자로 쫓기던 사망
자의 어머니는 형사들에게 따지지 않고 원망하지도 않는다. 자식
을 앞세운 어머니는 참척을 당해서 가슴이 미어지도록 괴로울 텐
데 체념한 듯 내색을 하지 않아 보는 내가 더 슬프다.

"내 아들은 죗값을 치렀습니다."라고 담담하게 말할 때 올바른
모성애를 본 것 같아 가슴이 저린다. 팀장은 죽은 이가 범인으로
판정 났지만 측은하고 미안해서 내내 후회를 한다.

"살아서 잡든 죽어서 잡든 범인만 잡으면 된다."

경찰서장의 비정한 말투다. 강력팀 일곱 명 전원이 표창장을
받았다. 한 사람이 목숨을 잃은 결과로 표창장을 받았다는 묘한
기분에 팀장은 씁쓸하기만 하다.

기분이 좋아 주스를 시원하게 들이켜는 부하에게 "네가 뭘 잘했다고 주스를 마시냐?"라고 핀잔을 준다.

그는 죽은 범인 생각에 괴롭기만 하다. 팀장의 인간미 넘치는 절절한 모습이 내 가슴에 와 닿았다.

우리 주위에는 목적을 위해 방법이야 어떻든 상관없다고 생각하고 행동하는 일들이 너무나 많다. 시작부터 계획을 세우고 일을 하지만 실행하는 과정을 거칠 때 타인에게 피해를 주지 않고 순조롭게 이루어지고 있는가 생각해 보게 된다.

지금 우리는 자신을 지키기 위해 상대방을 이겨야 하는 시대에 살고 있다. 중고등 학생에게 직업 선호도를 조사한 결과 첫 번째가 운동선수이고 두 번째가 의사이며 세 번째는 교사라고 한다.

운동선수는 자기 팀에서 가장 우수해야 구단에 뽑혀 많은 연봉을 받는다. 그렇기 때문에 팀 전원이 경쟁 상대이니 적이 될 수밖에 없다. 운동선수는 반드시 일등을 해야만 한다. 의사나 교사 역시 시험에서 동료 경쟁자를 물리치고 합격해야만 한다. 자신이 노력한 결과로 일등이 될 수도 있지만 도달할 수 없는 냉혹한 현실 앞에 좌절하는 사례가 많다. 네 번째는 크리에이터. 다섯 번째가 경찰관 이런 순서다.

운동이나 예술 계열은 우선 타고난 체력과 소질이 중요하다. 열심히 노력하면 가능할 수도 있으나 대체로 그런 일은 드물다. 물론 타고난 재주보다 의지가 더 중요하다, 목표를 정해서 칠전팔기 정신으로 나아가면 성공할 수도 있다.

크리에이터는 창조자로서 새로운 광고를 처음으로 만들어 내는 사람이다. 창조물을 만들어 내는 만큼 경쟁에서 벗어날 수 있는 직업이다. 참으로 바람직한 일이다. 그러나 자신이 겪은 경험이 있어야 그 토대 위에 창조물을 만들어 낼 수 있다. 젊은이들에게 여행을 꼭 권하고 싶다. 여행은 직접보고 느낀 경험을 통해서 육체적으로나 정신적으로 다양한 지식을 얻게 된다.

극한의 사람들 취재기록을 보았다. 풀머갈매기 알을 주워서 생계를 유지하는 사람들의 이야기다. 그들은 거센 바람 속에서 몸에 밧줄을 단단히 동여매고 아찔하게 높은 절벽을 넘어간다. 거기 절벽 아래 풀숲에 있는 알을 찾아서 수거하여 바구니에 담는다.

이런 작업에는 "용기가 다가 아니고 경험이 필요해요."라고 말한다. 그래서 나이 오십은 돼야 할 수 있다.

열여섯 명이 한 팀이 되어 다섯 명은 절벽을 타고 나머지는 밧줄을 잡아당기는 역할을 맡는다. 절벽 아래 매달려있는 팀원이 올라오도록 온힘을 다해 밧줄을 잡아당긴다. 우리가 예전에 학교 운동회에서 줄다리기 경기를 하는 모습 그대로다. 이기고 지는 게임이 아니라 동료가 줄을 타고 생환할 수 있도록 최선을 다하는 극한작업이다. 모두가 안전하게 돌아오면 기분이 좋아진다.

240개의 알을 주워왔다. 이 알을 16명이 공평하게 나누어 갖는다. 팀원 전부가 합심 협력하는 아름다운 모습은 감동적이다. 절벽 저 멀리 잔잔하게 흐르는 바다가 평화롭기만 하다.

또 하나의 극한직업을 가진 사람이 있다. 스위스의 등반객을 구조하는 헬기 조종사는 하루에 오십 번 이상의 구조 요청을 받는다. 산악지대에서 사고가 나지만 헬기를 타고 가서 그 위험한 순간을 모두 해결한다. 그는 휴일에는 절벽을 오르는 등반을 하며 여가를 즐긴다. 높은 산악지대에서 움직임이 몸에 밴 사람이다. 그의 직업은 취미의 연장이다.

직업은 생계수단으로 꼭 필요하다. 자신이 좋아하는 일이면 더 바랄 것이 없겠지만 현재의 여건에서 할 수 있는 것이 직업으로 선택될 수밖에 없다. 예술이나 기술은 대부분 조부모나 부모에게서 영향을 받는 수가 많다. 그렇지 않고 당대에 이루어낸다는 것은 몇 배의 힘이 들고 성공하기도 어렵다. 선대로부터 물려받은 자질이 있고 본인의 의지가 있으면 성공은 명약관화(明若觀火)한 일이다. 쉬운 직업이 어디 있으랴만 최선을 다해 주어진 임무를 완성하는 모습이 우수한 직업인이다. 상대를 해치지 않고 동료를 배려하는 아름다운 마음이 필요하다.

우리의 젊은이들이 선호하는 직업에 경찰관이 있다는 것은 참 다행한 일이다. 경찰은 국민의 생명과 재산을 보호하는 역할을 감당하기 때문에 위험이 따르고 봉사정신이 꼭 필요한 직업이다. 지금 세대는 형제 없이 혼자 자라는 젊은이들이 태반이다. 그런데도 봉사정신을 요하는 경찰관 직업을 선호한다는 것은 매우 고무적인 일이다.

경찰관이 되려는 이들 모두가 모범경찰이 되어 인간미 넘치는 훈훈한 사회가 되기를 희망한다.

4. 꿈속의 고향

꿈속의 고향

이박삼일 동안 금강산에 다녀올 기회를 얻었다. 꿈에 그리던 곳이었기에 며칠 전부터 마음이 설레고 가슴이 두근거렸다. 생각해 보면 그동안 많은 세월이 덧없이 흘러가 버렸다.

내 나이 여덟 살에 아버지 등에 업혀 삼팔선을 넘어 온 지 어언 수십 년이 지났다. 그때는 아무것도 모르고 낯설고 물설은 곳에서의 생활이 불편하다는 느낌뿐이었다. 우리 나이 또래는 모두가 어렵게 살았겠지만 자유를 찾아 고향을 등져야만 했던 이북 사람들은 고생이 더 심했다. 그런데 미처 자리를 잡기도 전에 육이오 전쟁을 겪어야 했으니 한층 더 어렵고 힘든 삶이었다.

실향민들은 타향에서의 고달픈 삶이었지만 최선을 다해 살았다. 그러기에 자수성가한 재산가도 있고 남쪽 사회에서 출세한 분들도 많다. 어렵게 모은 재산을 사회에 선뜻 기부하는 사람은 흔치 않다. 그런데 두고 온 고향 금강산을 여행할 수 있도록 천만 원의 경비를 내어 주신 박상섭 님게 감사의 마음을 전하고 싶다. 고향을 사랑하는 마음이 너무나 따뜻해서 우리는 진한 감동을 받았다.

　여행 첫날, 출발 장소인 종로구 구기동에 있는 이북5도청에 모였다. 같이 가는 분은 모두 육십 세 이상 '평안도어머니회' 회원들이었다. 기념촬영을 마치고 삼십칠 명의 회원이 버스에 올랐다.

　양평호수를 지나 버스 두 대 정도가 겨우 다닐 수 있는 구곡양장(九曲羊腸) 고갯길이 16킬로미터에 걸쳐 이어지는 진부령을 넘었다. 저 건너 야트막한 산에는 푸른빛이 드문드문 보일 뿐 아직 겨울 색이었다. 고성군 간성읍 옛날 검문소를 지났을 때 '통일 전망대 27킬로미터'라는 팻말이 보였다. 그곳은 우리나라 맨 북쪽 끝에 위치한 화진포 해수욕장. 우측에 화진 호수가 보였다. 호수를 지나면 이승만 별장이 있다. 초대 대통령의 마지막 모습을 회상하니 마음이 언짢았다.

　어느덧 남북 출입국 사무소에 도착했다. 그곳에서 세 대의 차로 나누어 타고 헌병 차의 에스코트를 받으면서 달렸다. 우리가 탄 일호 차는 계속 북으로 북으로 신나게 달렸다. 창밖에는 남북을 잇는 기찻길 연장 공사를 하고 있었다. 버스가 아닌 기차로 여행할 날도 멀지 않은 것 같았다. 군사 분계선을 넘고 보니 구선봉이 한눈에 들어왔다.

　구선터널을 지나 어느덧 목적지인 금강산 온천장에 도착했다. 이곳에서 모란봉교예단의 공연을 관람하는 순서가 우리를 기다리고 있었다. 군사 훈련을 하듯이 일사불란하게 움직이는 저들의 동작은 한 점의 오차도 없이 기계가 움직이는 것 같았다.

다음날 일찍 숙소를 나와 금강산 구룡연을 등반하였다. 구룡연 코스에는 금강산에서도 절경지인 상팔담과 구룡폭포가 기다리고 있었다. 구룡폭포는 높이 칠십사 미터, 너비는 사 미터의 물줄기가 대지를 부숴버릴 듯이 힘차게 흘러내렸다. 맑고 투명한 물줄기가 시원스럽다 못해 눈부시게 선명한 무지개를 그렸다. 설악산 대승폭포, 개성의 박연폭포와 함께 우리나라 삼대 폭포라고 했다.

상팔담은 화강암이 세식작용(洗蝕作用)을 받아 패인 여덟 개의 못으로 되어 있다. 하늘에서 무지개를 타고 내려온 여덟 선녀가 저마다 못 하나씩을 차지하고 목욕을 했다는 전설이 전해지고 있다. 주위에 함박꽃나무, 소나무, 단풍나무들이 무성하여 여름철에는 더욱 아름답겠지만 내가 갔을 때는 이른 봄이라 싹이 움트기 직전의 우중충한 모습이었다. 상팔담은 북한의 천연기념물로 지정되어 있다.

금강문을 지나 한참을 더 올라가니 꽤 높은 곳인가 싶은데 회리바람이 불고 일기가 고르지 않았다. 안내원이 더는 여기에 머물 수 없다고 하여 아쉬움을 뒤로 하고 발길을 돌렸다.

목란관에서의 점심은 원조 평양냉면이었다. 여러 가지 고명으로 높다랗게 장식한 모습은 보기도 좋지만 맛이 특별했다. 곁들여 나온 녹두지짐은 어릴 때 고향에서 맛보던 그대로였다. 맛있는 음식을 앞에 두고 잠시 향수에 젖었다.

오후에는 자연호수 삼일포로 향했다. 서쪽은 나지막한 산봉우리들이 병풍처럼 막아 서 있고 동쪽은 평지가 열려 있어 동해를 바라볼 수 있다. 타원형으로 동서보다 남북 방향이 더 길며 호수 가운데는 네 개의 바위섬이 있다. 이곳 풍경은 매우 아름다워 관동팔경의 하나로 꼽았다. 호수를 끼고 산봉우리들이 빙 둘러 있는 아기자기한 모습은 산책로로도 적당했다.

마지막 날은 금강산 만물상 등반이었다. 버스를 타고 구불구불 백육 구비를 돌고 돌아서 산을 올랐다. 회원의 칠 할은 버스로 오르고 나머지는 걸어서 산행을 했다.

그곳 바위들을 보니 각양각색의 모습들로 이루어졌다. 여기가 그 유명한 금강산 일만이천봉이란 말인가. 여러 모양의 바위는 그렇다 치고 나무가 우거지지 않은 모습이 을씨년스럽게 다가왔다. 안내자는 설명 하나 없이 감시하는 눈빛으로 우리의 행동거지를 지켜보고 있었다. 저들의 모습에서 공포를 느끼기에 충분했다.

삼선암을 지나고 귀면암에 올랐다. 여기서도 그들이 정해주는 대로 산행을 해야 했기에 정상까지는 못 가고 중간에서 하산했다. 산 중턱에서 바라본 산의 모습은 웅장하고 아름답지만 마음대로 산행할 수 없는 것이 아쉽고 안타까웠다. 절망감에 가득 찬 기분은 결코 잊지 못할 것이다.

오후에는 모든 일정을 마치고 돌아가는 길. 우리는 숙소를 떠나 버스로 갔던 길을 거슬러 되돌아왔다. 낯선 타국에서 떠돌다 귀향하는 느낌이랄까. 떠날 때는 밤마다 꿈속에서 그리던 고향에 대한 막연한 기대에 마음이 잔뜩 부풀어 있었다. 무언가 심신을 채우지 못한 아쉬움이 남지만 이제는 바라지 않기로 했다. 건너편 치마바위에 '천출 명장 김정일'이라고 쓴 글씨는 버스 안에서도 뚜렷하게 보였다. 그 글자를 보니 전쟁에 대한 공포를 느끼면서 전율이 온몸을 휘감는 것 같았다. 색으로 표현하자면 남쪽은 초록색이고 북쪽은 진회색이랄까. 숲이 우거진 남쪽과 나무가 없어 헐벗은 북쪽의 경치가 극명한 대조를 이루었다. 이 엄청난 차이를 어떻게 극복할까? 마음이 무겁고 착잡하기만 했다.

어느덧 금강산 입구인 장전항으로 되돌아왔다. 육십여 년이라는 세월의 변화, 그것은 너무나 크게 다가왔다. 가는 곳마다 번뜩이는 눈으로 우리를 감시하던 저들의 모습을 회상하면서, 자유는 참으로 귀중하고 값진 것임을 알았다. 이번 여행에서 얻은 것이라면 남과 북이 서로 경계선 없이 왕래할 날이 반드시 올 것이라는 희망이었다. 그때까지 열심히 살아야겠다. 내게 많은 감회를 안겨다 준 금강산 여행은 추억의 한 토막으로 가슴속에 영원히 남아 있을 것이다.

야유회

아파트 노인회 주최 야유회 날이다. 일찍 떠나기로 했는데 관광버스가 늦게 도착하여 한 시간 정도 지연됐다. 출발하면서부터 비가 억수같이 쏟아지고 있었다. 해마다 봄 가뭄이 찾아들곤 했는데 올해도 어김없이 가물어서 걱정이다. 당연히 비 내리는 것은 환영할 일이지 않은가. 그렇지만 야유회 가는 날은 아니다 싶은 생각이 든다. 우울한 마음을 가라앉히려고 창밖을 내다보며 상념에 잠겼다.

야유회란 자연 속에서 하루를 즐긴다는 의미이기에 기분이 산뜻하지 않지만, 비 오는 경치도 낭만적이라 나쁘지 않다. 모처럼 떠나는 야유회인데 지금은 비가 오고 있지만 그쳐 주기를 은근히 기대해 본다.

4월 중순이라 벚꽃축제도 끝난 시점이다. 벚꽃만 꽃은 아닐진대 왜 해마다 여기저기서 벚꽃축제를 성대하게 할까, 그 꽃은 피어있는 모습이 화려하고 한꺼번에 확 피었다가 떨어지는 모습 또한 유별나게 아름답다. 얇은 꽃잎이 흩날리며 떨어져 꽃비가 내리듯 주위를 하얗게 꽃잎으로 수를 놓는 특성이 있다.

봄이 무르익어가고 있으니 동시에 여러 가지 꽃들이 연달아 피어나고 있다. 한 시간쯤 달렸나 싶은데, 여간해서 그칠 것 같지 않던 비가 슬며시 그쳤다. 그러나 날씨는 여전히 우중충하니 우울함이 가시질 않는다. 흐린 날씨 탓인지 고속도로는 붐비지 않아서 달리는 차 안에서도 경치를 감상할 수 있다.

문득 창밖을 내다보니 고속도로 양쪽으로 보이는 산에는 진달래가 만발했다. 이제 꽃들은 제철을 맞아 온 산을 진홍으로 물들였다. 바야흐로 계절의 여왕 오월이 부지런히 달려오고 있다. 온갖 꽃들의 향연이 계속 뒤따른다. 멈추지 않는 세월 속에 계절은 저절로 바뀐다. 바뀌는 세월은 흐르고, 사계절이 번갈아 찾아드는 자연, 그 속에 인생이 무르익어가고 있다.

어느덧 서산 어시장이다. 비 온 뒤끝이라 하늘은 여전히 회색빛이다. 날씨마저 추위를 느낄 정도의 기온이라 야유회에 온 기분은 어설프기만 하다. 어시장 구경은 처음이다. 광장 가운데 생선들을 진열해 놓고 사람들이 둥그렇게 모여서 경매를 하는데 경매사인 듯한 사람이 낮은 음성으로 알아듣지 못할 노래를 흥얼거린다. 둘러선 사람들이 제각기 손가락을 펴고 흔들면 높은 값을 제시한 사람이 낙찰받게 된다.

아! 매력적인 저 베이스의 저음 목소리를 듣고 있노라니 문득 언젠가 갔던 음악회 생각이 났다. 남성 음역 중에 베이스음을 가장 좋아하는데 이곳에서 들을 수 있었다. 처음 보는 풍경이라서 한참을 구경삼아 보았다. 귀 또한 즐거웠다.

어시장에서는 생선을 사면 택배로 보내준다기에 내가 평소 좋아하는 갈치를 보니 반들반들 윤이 나는 은빛 갈치였다. 그런데 지금은 주꾸미 철이라니 그도 같이하여 두 가지를 샀다. 집에서 싱싱한 생선을 맛볼 생각을 하니 벌써부터 기대가 되었다.

식당을 정하여 모둠회와 매운탕으로 점심을 먹었다. 어시장 옆 음식점이라 모든 재료가 싱싱하여 특별한 맛을 기대했는데 그렇지 않아서 실망이었다. 애초부터 기대는 하지 않는 것이 좋다. 기대한 만큼 실망하게 되는 것이니까.

태안 '천리포수목원'으로 향하였다. 입구에서부터 나무를 잘 가꾸어 놓았다. 천리포수목원 안으로 들어가다 연못에 다소곳이 핀 수선화들 모습이 너무나 아름다워 멈추어 서서 한참을 감상하였다. 노란색과 흰색의 어울림이 아씨의 고운 자태를 닮은 듯 순박한 매력에 흠뻑 젖어 들었다. 서울의 목련꽃은 다 지고 없는데 이곳의 자목련은 아직 지지 않고 있어 카메라에 담을 수 있었다. 목련은 흰색이라야 제격인데 자목련, 또한 운치 있는 모습이었다. '숭고한 사랑'이라는 꽃말처럼 높다랗게 피어서 고귀한 자태를 뽐내고 있었다.

이 수목원의 특징은 목련과 호랑가시나무가 많다는 점이다. 우리나라 자생식물은 많지 않다. 소개한 글을 읽어보니 미국 출신 칼 F. 밀러(Carl Ferris Miller) 씨가 조성하였다고 했다. 그는 귀화하여 이름도 민병갈이라고 우리식으로 고쳤다. 그가 온갖 정성을 들여 가꾼 식물원이라고 한다. 1970년도에 설립하여 일반인에게 공개하였는데 16,000여 종의 다양한 식물들이 보존되어 자라고 있다.

예상한 대로 우리의 고유한 식물들은 흔하지 않지만 이색적인 모습은 경이로웠다. '태안천리포 해수욕장' 부근이라 관광객들이 많이 모이는 곳에 명소로 자리하고 있었다. 넓은 수목원을 둘러보려니 다리가 무거웠지만 쉬지 않고 열심히 다니면서 관찰하였다. 아기자기하고 예쁜 꽃과 멋쟁이 나무들과 처음 보는 식물이 많았다.

해변에 위치하고 있어서 바다도 함께 볼 수 있는 명소였다. 중간중간 쉴 곳도 있어서 차를 마시면서 망중한을 즐길 수도 있었다.

오늘 관광은 특이한 식물들과 나무의 관찰, 어시장 구경, 서해 바다의 상큼함에 젖을 수 있었다. 산과 바다를 함께 관광할 수 있어서 새로운 느낌이었다. 행담휴게소에 있는 충청남도 홍보관에 들렀다. 유난히 넓고 깨끗하다. 지친 몸을 잠시 쉴 수 있는 곳이었다. 휴게소로는 노선별 이색휴게소가 다섯 개가 있다는데, 그중에 한 자리 차지하지 않을까 하는 생각을 하였다.

모처럼 다녀온 야유회다. 자연의 아름다운 풍경 속에 시간이 천천히 가듯 여유롭고 평화로운 하루였다.

아름다운 푸켓

우리는 매일 변함없는 생활을 반복한다. 일상이 지루하여 잠깐 여행을 하는 것도 마음의 위로가 될 수 있다. 여행은 반복되는 생활 속에서의 탈출이다.

삼박 오일 일정으로 태국의 푸켓을 여행하기로 했다. 자녀들이 생일기념으로 특별히 마련한 행사였다. 세계적인 휴양지 푸켓은 태국 남부 말레이반도 서해안에 있다. 태국의 보석 같은 존재로 우리나라에도 이미 많이 알려진 곳이다.

이번 여행은 인천공항에서 저녁 여덟 시에 비행기에 탑승하는 것부터 색다르다. 밤에 비행기를 타는 것은 그동안 여행경험에서는 없었던 일이다. 새벽에 목적지 국제공항에 도착했다. 열대 기후이니 거리의 가로수부터 생소했다. 사람들의 모습은 다르지만 표정이 밝아 보여 친근감이 들었다. 외국여행은 새로운 기운을 만끽할 수 있어 늘 설렌다. 같은 비행기를 탄 여행객들과 일정을 같이해야 하기 때문에 친밀해질 수밖에 없다. 그들과의 교제는 더욱 흥미를 돋운다. 우리나라 가이드의 친절하고 자상한 소개와 현지

가이드의 어설픈 모습은 매우 대조적이었다.

첫날, 아침 일찍 호텔에 도착하였다. 여섯 시에 기상해야 한다니 잠을 설칠 수밖에 없다. 일정이 빡빡하기 때문이라는데 나는 공연히 가슴이 뛰고 긴장이 되었다. 조식은 뷔페식이었는데 일등 호텔 음식이어서 최고급으로 준비한 것 같았다. 김치까지 있는 다양한 식단이라 불편 없이 식사할 수 있었다.

처음 가는 것이 '팡아만해양국립공원' 관람이라 기대가 되었다. 코끼리를 타는 것으로 시작했다. 거대한 코끼리 등에 타려니 무서워서 망설였는데 마침 안내자도 동승한다니 조금은 마음이 진정되었다. 현지인 안내자는 우리와 같이 코끼리 등에 앉아서 "코끼리 아저씨는 코가 손이래 과자를 주면은 코로 받지요." 하면서 우리말로 동요를 능숙하게 불렀다. 생각지도 않은 일이라 금방 친숙해졌다.

이곳은 고무나무 재배가 성행하는 곳이다. 주민의 반은 중국인이고 타이안, 미얀마인이 그다음을 차지한다. 고무를 채취하는 방법은 나무에 상처를 내어 그곳에 호스를 매달아 놓고 수액을 뽑아낸다. 마치 몸에 링거를 달아놓고 양분을 빼는 느낌이어서 흡혈귀를 연상했다. 나무에 뚫린 상처를 보고 애처롭다는 느낌을 받았다.

피피섬은 태국의 유명한 관광지이다. 푸켓에서 동남쪽으로 약 50킬로미터 정도 떨어진 곳에 있는 여섯 개의 섬으로 구성된 군도(群島)이다. 그 섬으로 가기 위해 선착장으로 향했다. 기다리고 있던 모터보트를 탔는데 속력을 한껏 내고 달렸다. 한 시간 삼십 분 동안 배를 타고 가는 먼 바닷길이었다. 위험하다는 생각이 들었지만 호기심에 경험해 보기로 했다.

눈 앞에 펼쳐진 물살은 뱃머리를 스치는데 연두색 물감을 풀었는가? 녹색 비단을 끝없이 펼쳐 놓았나? 에메랄드빛 바다는 흰모래와 잘 어울렸다. 난생처음 보는 경치라 취한 듯이 바라보았다. 너무도 아름다운 자연에 매료(魅了)되어 한없이 꿈속에서 헤매는 것 같았다. 바닷바람의 상쾌함을 한껏 맛보고 있노라니 어느새 목적지에 도착했다. 쾌속선이라 스릴 또한 만점이었다.

해저를 구경하는 순서가 있었다. 이곳 바닷물은 보통 바다보다 세 배나 짜기 때문에 익사할 염려는 전혀 없단다. 그래도 겁 많은 나는 한참을 망설이다가 구명조끼로 완전무장하고 바다로 들어갔다. 색이 짙은 형형색색의 열대어가 수초를 헤치며 자유롭게 노닐었다. 어항 속에 갇혀있는 것만 보았던 열대어가 아닌가? 끝이 안 보이는 드넓은 바다 숲으로 떼지어 다니는 모습은 현란하다 못해 황홀하였다. 내가 그 속에 동화되는 착각에 몸이 날아갈 듯 가벼워지는 것을 느꼈다. 마치 한 편의 영화를 본 듯 꿈을 꾼 듯 착각 속에 빠져들었다.

다시 푸켓으로 돌아오는 배에는 우리나라 여행객과 함께 탔다. 처음 만나는 사이지만 모두가 절친 같다. 어울려서 이야기도 하고 노래도 같이 부르는 즐거운 시간이었다. 외국에 나오면 동포란 것에 애정을 느끼며 누구나 애국자가 된다. 특이한 것은 과자처럼 조각을 낸 파인애플을 꼬치에 끼워 놓았는데 배 안에서는 얼마든지 먹을 수 있는 서비스가 있었다. 푸켓은 열대과일이 흔하다. 과일 좋아하는 나는 이런 곳이 천국이 아닐까? 하는 생각이 들었다.

이어 야시장 구경이었다. 간단한 액세서리나 살까 하는 마음으로 일행을 따라나섰다. 모두 생소한 모습, 처음 보는 물건들이 즐비하여 눈 호강만으로도 충분했다. 흥정은 계산기로 숫자를 찍으며 시선을 교환하는 것으로 값을 정했다. 물건은 반으로 깎아야 제값이라고 하니 우리나라 옛날 남대문 시장을 연상케 하는 곳이었다.

푸켓을 대표하는 '왓찰롱사원'을 방문하였다. 곳곳에 커다란 코끼리 동상이 서 있었다. 코끼리가 있는 곳에는 의례 제사상을 차려놓았다. 우리나라 시골에 있는 성황당이 생각났다.

우리의 성황당은 보통 신수(神樹)에 잡석을 쌓은 돌무더기가 있고 당집이 있는 고갯마루, 부락이나 사찰 입구에 있다. 정초에는 부인들이 간단한 제물을 차려놓고 가정의 평안을 빌기도 하고 색색의 헝겊 조각을 걸어놓아 액운을 막아주고 무사안녕을 빌었다.

간절한 마음의 표징을 신에게 기원하는 풍습은 어느 나라든 비슷한 형태로 존재하는 것 같다. 동상 앞에 정성껏 차려놓은 음식을 보는 순간 그들의 신은 코끼리임을 알았고 한결같은 성의에 감동을 받았다. 그때 갑자기 화약 터지는 소리가 나고 연기가 피어올랐다. 놀란 가슴을 진정시키며 가이드에게 물었더니 부정한 사람이 사원에 들어오면 입구에서 폭죽을 터트려 악운을 쫓는 풍습이 있다고 했다. 부정한 사람을 어떻게 가려낼 수 있을까.

그곳 사리탑은 굉장히 크고 웅장했다. 우리나라 절에 있는 것과는 비교가 안 되었다. 지붕 꼭대기가 가물가물하게 보일 만큼 어마어마하게 컸다. 내심 놀라움에 사로잡혀 내 몸이 움츠러드는 느낌이었다. 저 탑 안에는 사리가 얼마나 들어 있을까? 이 나라에서는 부처님의 사리를 얼마나 많이 가져왔기에 저토록 사리탑이 큰 것일까? 사리는 참된 수행의 결과로 생겨나는 구슬 모양의 유골이라는데….

우리와는 사뭇 다른 풍습을 보면서 지루한 일상에서 잠시 벗어난 시간이었다. 태국 여행에서의 체험은 생활의 활력소가 되어 미래의 삶을 윤택하게 할 것이다.

봄에 떠난 남도 천리

아들이 가족 여행을 하자고 했다. 승용차로 이동하기 때문에 힘이 들지 않고 자유로운 여행이 될 것 같았다. 생각지도 않은 일이어서 무척 기뻤다. 콘도를 예약해 놓았는데 식품을 준비해 가서 직접 요리를 해 먹는다고 했다. 식사를 우리 마음대로 해결하면서 하는 여행이라 더욱 흥미로웠다.

5월 7일 망향휴게소를 지나고 이서휴게소에 도착했다. 순천 방향으로 가는 첫 휴게소였다. 전라도는 처음 가보는 곳이라 관심이 많고 보는 것마다 새로웠다. 아담하고 깨끗한 자연 하며 고향을 찾아가는 기분이었다. 오랜만에 아들과 며느리, 손주들과 함께하는 나들이라니 꿈만 같았다.

그동안의 여행은 산이 많은 곳, 강원도를 주 관광코스로 택하곤 했었다. 산이라 하면 내가 보았던 강원도의 높고 깊은 산들만 기억하고 있다. 이번에는 전라도 지방이라 무척 기대되었다. 차창 밖 풍경은 산이 야트막하고 평야가 끝없이 펼쳐져 있었다. 옛날부터 호남평야는 곡창지대라 하지 않던가?

이제 막 봄이 무르익어가는 자연의 모습, 바람마저 산들산들 풀잎을 흔들었다. 산천초목의 색감은 초록이 아닌 연두색으로 물들었다. 아직은 초봄이라 여린 모습의 온갖 초목들이 잔잔하여 어느 때보다 평화로웠다.

첫날 도착한 월곡리의 '로드하우스'는 넓은 마당이 있는 집으로 자연 그대로의 시골 풍경이었다. 주인은 젊은 청년이었는데 혼자 콘도를 운영하고 있었다. 모든 것을 개방하는 생활방식으로 운영하고 있었다. 특히 주방은 투숙객 모두가 함께 쓸 수 있는 형식이었다. 여행객끼리 서로 교제할 수 있는 독특한 방식이 매우 인상적이었다. 넓은 마당을 마음대로 산책할 수 있는 것도 마음에 들었다. 그곳에서 자라는 머위 싹이 야들야들하니 먹음직하여 욕심이 났다. 맘껏 뜯어가라는 주인의 허락을 받고 한 바구니 뜯고 보니 그분의 푸근한 인심이 한없이 고마웠다. 이곳에서의 일박은 오래오래 추억으로 남으리라.

다음 날은 '죽녹원' 방문이었다. 2003년 담양읍 성인산 일대에 조성한 대나무 정원. 잘 다듬은 대나무 숲을 함께 걸으며 가족들과 주고받는 이야기기에 정감이 묻어나왔다. 이렇게 공기가 신선하고 대나무가 빽빽하게 들어찬 곳은 생전 처음이었다. 숲에서는 더없이 좋은 향기가 풍겼다. 떠나고 싶지 않은 마음에 한참을 머뭇거렸다.

대나무 숲을 떠나 평지를 걷는데 너른 호수가 한눈에 들어왔다. 호수에는 물 위에서 탈 수 있는 자전거 놀이도 있었다. 나는 길에서도 자전거를 못 타는데 탈 수 있을까. 망설이다가 호기심이 발동했다. 둘이 함께 타는 거라면 못 탈 것도 없지. 아들과 같이 탔는데 물 위에서 자유자재로 다닐 수 있다는 것이 신기하고 동심으로 돌아간 듯 즐거웠다.

메타세쿼이아 가로수 길은 국내에서 가장 아름다운 길이다. 담양에서 순창 쪽으로 가는 학동리에 있다. 키다리 나무들이 양쪽에서 서로 손을 맞잡은 듯 다정한 모습이었다. 총길이는 8.5킬로미터로 10에서 20미터 높이의 나무들이 즐비하게 서 있었다. 걷거나 자전거 전용 도로였다. 승용차는 옆 도로에 두고 나무 밑을 거닐었다. 기존의 가로수와는 사뭇 다른 나무여서 이국적인 느낌이 들었고, 외국에 있는 듯한 착각 속에 빠져 서 있는 것만으로도 황홀했다.

전라남도 장흥군에 속한 정남진(正南津)에 도착했다. 서울의 남쪽에 있다는 뜻이리라. 예약한 집은 '갯마을 횟집'이란 곳인데 민박도 겸하고 있었다. 이곳에서 일박하기로 돼 있어 색다른 느낌이었다. 바다가 바로 집 앞이라 파도 소리와 함께 비릿한 생선 냄새에 도취할 수밖에 없었다. 수평선으로 지는 해를 가까이서 볼 수 있었다. 하늘과 바다를 온통 발갛게 물들인 저녁놀이 내 몸과 마음마저 붉게 적셨다. 아름답다는 말은 여기에 붙여야 할 것 같다. 바다와 함께하는 경관이야말로 어디에도 비교할 수 없이 황홀하였다.

마침 '키조개 축제'가 열리고 있었다. 장흥삼합이란 음식은 쇠

고기 등심, 키조개, 표고버섯을 같이 쌈으로 싸서 먹는 거라 산해진미가 이런 것이 아닐까 싶었다. 저녁 야시장은 온갖 것이 다 있는 만물상이었다. 처음 보는 남도의 물산들이 흥미를 돋우었다.

셋째 날은 아침부터 안개비가 살포시 내리고 있었다. 보성 녹차밭을 견학하는 날. '대한다원'은 산지를 개간하여 계단식 밭을 조성하고 차나무를 심었다. 초록색 차나무숲이 등고선을 따라 띠를 이룬 모습이 장관이었다. 비는 그쳤다 쏟아붓기를 계속하고 있었다. 비옷을 입고 다녀야 했지만 차밭에 비 내리는 풍경도 운치가 있었다. 색다른 풍경 속 주인공이라 생각하니 마냥 즐거웠다. 녹차로 만든 관광 상품이 진열되어 있어 선물용으로 몇 가지를 샀다.

귀경길에 남원을 찾았다. 마침 춘향제 행사 기간이라 춘향을 뽑는 행사를 하고 있었다. 수많은 사람들이 붐비고 있어 행사장으로 들어갈 수조차 없었다. 입구의 그네를 보고 소설 속의 춘향이 생각을 했다. 예전에 와 본 광한루는 그 자리에 있었지만 들어갈 수가 없었다. 근접도 하지 못 하게 했다. 관람객이 너무 많이 몰려 문화제 보존 차원에서 제한한다고 했다.

가까이 갈 수 없다면 멀리서 그림 보듯 바라볼 수밖에. 십여 년 전 관광을 와서 찍은 기념사진 속에 배경으로 있던 광한루, 그때는 누각 마루까지 올라갔었다. 사뭇 달라진 인심에 발길을 돌리고 말았다.

남원을 떠나 저녁녘이 되어서 전주 한옥마을에 도착했다. 전통

한옥들이 즐비했다. 한옥 생활은 조금 불편했지만 과거로 시간여행을 한 느낌이었다. 마지막 코스는 유명한 한식집 '전라도 음식이야기'라는 간판을 단 식당이었다. 스물한 가지 반찬을 놓고 푸짐한 식사를 하였다. 얼마 만인가. 음식 맛있기로 소문난 남도의 맛을 여기서 실컷 즐겼다.

삼박사일 간의 즐겁고 행복한 호남지방 여행을 마치고 서울로 돌아가는 길. 이번 여행은 시간에 쫓기지 않고 여유가 있어 좋았다. 가고 싶은 곳, 먹고 싶은 것을 자유롭게 선택할 수 있어 색다른 느낌이었다. 아들 내외의 효도가 그저 고맙기만 하다.

친구

P는 오래된 막역한 친구다. 우리의 만남은 어림잡아 칠십 년은 됐다. 자주 만나는 것은 아니지만 때때로 전화를 해서 일상을 나눈다. 그래야 마음 한 자락이 늘 든든하다.

그녀는 주욱 부산에 살고 있다. 서울에 사는 나와는 거리가 멀리 떨어져 있어서 소원(疎遠)하게 지내는 듯하지만, 친구 하면 첫 번으로 꼽는다. 내가 어떻게 그 먼 부산에 있는 친구를 사귈 수 있었나 의아해할 수도 있겠지만 사연이 있다.

1951년 한국전쟁으로 피란지인 부산, 같은 동네에서 만나 서로 사귀었다. 초등학교 저학년 시절이었다. 서울에 집이 있는 나는 환도 직후 서울로 돌아왔다. 친구네는 부산에서 자리 잡고 살게 되었다. 그녀와는 같은 평안도 출신이지만 우리 가족은 한국전쟁 전 삼팔선을 넘어 월남했다. 친구네는 전쟁이 발발해서 그때 국군을 따라 부산까지 떠밀려온 피란민이었다. 우리는 전쟁 나기 삼 년 전 월남해서 서울에 살면서 집을 장만하였다. 1950년 6월 25일 일요일 이사하는 날 전쟁이 발발했다. 이 무슨 날벼락인가?

이삿짐을 옮기고 그날부터 전쟁의 공포에 떨어야 했고 오빠 두 분은 새집에서 이틀을 지내고 피란을 떠났다. 단란한 가족이 행선 지도 모르고 졸지에 뿔뿔이 흩어져야 하는 참혹한 비극 앞에 한탄 할 수도 없는 현실이었다.

부산 피란 시절 대지공원이란 곳에 피란민들이 판잣집을 짓고 살 수 있도록 정부가 배려해 주었다. 우리는 방 둘에 부엌 딸린 집 을 짓고 살았다. 그곳 판자촌은 피란민들의 집이 다닥다닥 붙어 있었다. 동병상련(同病相憐)이랄까. 기쁜 일이 있으면 같이 축하해 주고 슬픈 일이 있으면 서러움을 같이 나누며 정감 있게 살았다. 우리는 그곳에서 2년 정도 있었다.

고생 끝에 집을 마련하여 한숨 놓으려 했는데 전쟁으로 쫓겨 다 니는 모습이 너무나 처량했다. 새집에 이사하고 바로 피난을 떠난 심정이 오죽했을까? 그리하여 서울이 탈환되는 즉시 우리는 집으 로 돌아왔다. 그러나 친구네는 서울에 연고가 있는 것도 아니어서 부산을 떠나지 않았다.

P는 외향적이고 나는 내성적이라 성향이 정반대이다. 그래서 서로 모자라는 점을 보완하다 보니 오히려 성격이 잘 맞는다. 중 고등학생 시절 그녀는 방학 때면 천리 길을 마다치 않고 서울로 와서 같이 방학을 즐겼다. 나는 그녀를 만나면 항상 같이 있어 주 는 것만으로 친구의 소임을 다했다고 생각하고 후하게 베풀지 못 했음을 지금 후회한다. 그녀가 결혼하여 신혼여행도 서울로 와서 두 부부가 함께 지냈다. 그토록 그녀가 한결같이 나를 찾아다

넜다. 내가 부산으로 갔던 것은 손가락을 꼽을 정도 몇 번 안 되는데 그녀는 십여 년을 매년 방문했었다. 근년에는 나이 많아지고 사회적 여건도 있고 해서 자주 만나지 못한다.

그녀는 초등학교 교사로 정년퇴임하여 경제적으로 어려움 없이 지낸다. 나 역시 유족연금을 받고 있기에 경제 여건 또한 비슷하여 소외감을 느끼지 않고 서슴없이 만나 즐긴다. 우리 둘은 키, 체격이 모두 비슷하다. 어릴 때 만나 친구가 됐는데 어찌 그리 같을 수가 있을까. '현명한 친구는 보물처럼 다루어라. 많은 사람들의 호의보다 한 사람의 이해심이 더욱 값지다'라는 글이 떠오른다.

P는 나를 끔찍하게 여긴다. 중년의 나이 때 자주 이사를 다니느라 삶이 고달프고 바빠져서 서로 연락을 못 하고 지냈던 때가 있었다. 백방으로 그녀는 나를 찾으려고 노력했으나 소식을 들을 수 없었을 게다. 기독교 신자임을 기억하고 내가 살던 동네 교회를 일제히 점검했고, 목사님을 통해서 신도들의 명단에서 이름을 찾았다고 했다.

어느 날 교회에 출석했는데 감사헌금 명단에 P의 이름이 있었다. 예배가 끝나고 우리는 목사님이 소개하여 만났다. 많이 변하기도 했지만 교회를 통해서 찾았기에 목사님께 감사의 인사를 드리고 반갑게 포옹했다.

P는 나를 보물찾기에서 찾아내듯 꼭 찾아서 호의를 베풀어준다. 얼마나 값진 일인가? 그녀에게는 항상 고맙고 미안하다. 이런 친구는 흔하지 않다. 때로는 나에게 충고도 서슴없이 한다. 화

장실에서 손을 씻고 휴지 두 장을 쓴다고 자원이 부족한 나라에서 헤프다고 주의를 준다. 초등학교 선생님 티를 그만 내라고 핀잔을 한다. 티격태격하며 기찻길 레일처럼 평행선을 유지하면서 품위 있는 우정을 지켜왔다.

많은 세월이 흘러서 할머니가 되었지만 둘이는 만나면 지금도 초등학교 저학년 시절로 되돌아간다. 서로 질투해 본 적도 없다. 친구는 항상 좋지만은 않고 힘들기도 한 존재라고 표현하기도 하지만 우린 그럴 때가 없었다. 그녀와 나의 삶이 실패함 없이 평탄했기 때문일 것이다.

'친구는 옛 친구가 좋고 옷은 새 옷이 좋다'는 속담이 꼭 맞는 것 같다. 사전적 의미로 '가깝게 오랜 사귄 사람' 그것이 바로 내 친구 P다.

그녀는 윤활유가 되어 줘서 내 인생이 한결 향기로웠음을 자부한다. 그립고 보고픈 친구. 그녀가 오래오래 건강하게 지내기를 간절히 기원한다.

벗과 함께 나그네 되어

메느에르병을 앓고 난 후 비행기를 못 탄다는 친구 L, 그녀와 의논한 끝에 버스로 이박삼일 간 여행을 하기로 결정하였다. 그녀와 나는 마음이 잘 통한다. 무엇을 하든지 한 치의 이견(異見)도 없다. 처음 함께하지만 뜻깊은 여행이 되리라는 기대를 한다. 그녀는 나를 항상 잘 챙긴다. 맏이로 자란 성격이라 그런가 보다. 이날까지 살면서 나를 챙겨 주는 이는 하나도 없었는데. 그래서 아마도 내가 그녀를 좋아하게 된 것 같다.

여행 첫날 아침 여섯 시에 모임 장소에 도착하니 관광버스가 기다리고 있었다. 두세 군데 더 들러서 관광객을 태우고 오늘의 목적지를 향해 달렸다. 주중이라 고속도로는 막히지 않고 잘 달렸다. 첫 휴게소는 여산, 잠시 휴식하고 다시 출발했다.

전남 광주에 있는 무등산에 도착했다. 스무 번째 국립공원으로 등재된 무등산은 해발 일천일백팔십일 미터의 산이다. 둘이 한 팀이 되어 리프트를 타고 올라갔다. 친구와 같이 나란히 한 마리 새가 되어 창공을 오르는 기분이었다. 리프트에서 내려 어느 정도 걸었나 싶은데, 다시 모노레일로 바꿔 타고 정상인 팔각정까지 올라갔다.

산 정상에서 밑을 내려다보니 아스라이 광주 시내가 한눈에 들어왔다. 힘들이지 않고 너무나 쉽게 정상까지 올라가 본 느낌은 문명의 혜택을 한껏 누린 즐거움이다. 이제 밑으로 되돌아오는 길, 높은 곳에서 점점 낮은 곳으로 리프트를 타고 내려오는데 주위는 온통 숲으로 덮여있었다. 음악이 하염없이 흘렀다. 숲속에서 들리는 그 소리는 천사들의 노래처럼 맑고 청량했다.

오후 여섯 시 여수에 도착했다. 모텔에서 여장을 풀고 나서 이제 첫날밤을 보낼 예정이었다. 온종일의 여정, 몸은 피곤하지만 예약하였던 여수 투어버스에 탑승하였다. 밤에 보는 분수 쇼, 어둠 속에 음악이 흐르면서 움직이는 분수의 모습은 장관이었다. 부채춤을 추는 무희들처럼 끊임없이 연결되는 동작은 한편의 아름다운 동영상을 본 느낌이었다. 버스에 앉은 채로 관람하는 여수 야경은 집집마다 흘러나오는 불빛이 마치 밤하늘의 별처럼 무수히 빛났다. 기사는 자신이 자칭 해설가라고 자부심이 대단한데, 그의 입담은 개그맨 수준이었다. 모두에게 웃음을 주어 분위기를 띄웠다. 산업단지와 이순신 장군 동상, 거북선을 관람하고 나서 탑승객 모두가 어느 광장에 내렸다.

횃불을 들고 낯모르는 사람들끼리 서로서로 허리를 잡고 기차놀이를 하다가, 누군가 부는 달콤한 색소폰 소리에 맞춰 몸을 흔들 수도 있었다. 흥겨운 시간이었다. 이것이 이벤트 행사라는데,

처음 보는 광경이었지만 관광객 모두가 일사불란하게 움직이는 모습은 단결을 의미하는 것이다. 아름다워 보였다. 바로 옆에 친구와 함께 동심으로 돌아간 듯 즐거웠다.

두 번째 날. 경남 고성군에 있는 수태산에 올랐다. 산 오른쪽 가파른 절벽 위에 문수암이 있어 오르자니 숨이 가빴다. 멀지 않은 곳에 보현암이 있어 둘러보니 평평한 곳에 자리 잡고 있어서 관람하기 수월하였다. 두 절의 위치가 서로 상반된 모습이라 역설적이라는 느낌이었다. 우리네 인생도 평탄한 삶이 있고 유난히 굴곡진 삶이 있다고 생각했다. 두 개의 절이 있는 산에서 밑을 내려다보니, 어깨동무를 하듯 병풍이 펼쳐진 듯 연결된 산의 모습들, 한 폭의 수채화 같은 느낌이었다.

삼천포로 가는 다리, 건너편 남해에 도착하였다. 남해의 죽방 멸치는 재래식 어로 방식으로 잡았다. 대나무로 부채꼴 모양의 죽방을 만들어 놓고 밀물 때에 들어온 멸치를 가두는 방식이었다. '죽방렴' 설치와 어장면허가 제한되어 있어서 소량만 생산이 가능했다. 고밀도 플랑크톤이 서식하는 남해에서 자라 육질이 단단하고 기름진 고급 멸치이다. 품질이 매우 우수하여 남해군의 특산물로 꼽았다.

이곳에서 다랭이논을 볼 수 있었다. 경사진 산비탈을 개간하여 층층이 만든 계단식 논인데 부드러운 곡선이라 리듬감을 주었다. 이런 불편한 곳에서도 벼농사를 짓는 농부들이 존경스러웠다.

독일인 마을은 육십 년 대 독일에 광부와 간호사로 갔던 분들이 돌아왔을 때 이곳 남해에 살도록 한 것이 출발점인데 집이며 꽃이 이국적이라 마치 외국에 와 있는 느낌이었다.

다음 날은 부곡온천장에서 일박이었다. 짐을 풀고 휴식을 취한 다음 밤에는 룸메이트끼리 자기소개로 밤을 지새웠다. 삼 일째 되는 날 부산으로의 관광이었다. 송도해수욕장이 보이는 자갈치시장. 부산 송도 해상 케이블카를 탔다. 팔십육 미터 높이의 바다 위를 가로질러 왕복으로 다녀온 그 경험은 아직도 잊을 수 없다. 송도 남향대교를 비롯한 남항, 영도가 한눈에 들어왔다. 바다 위 공중에 맨몸으로 떠 있는 기분, 지금 상상해도 신기하고 황홀하다.

부산에서의 식사는 모듬 생선구이인데, 고등어구이는 얼마든지 리필이 가능하다니 이곳 민심의 후덕함을 맛볼 수 있었다. 그리고 자갈치시장 쇼핑. 건어물 가격은 어디나 비슷한데 양이 푸짐하다. 생선은 너무나 싱싱해서 항구도시 시장의 매력을 느낄 수 있다.

이번 여행의 특징은 관광객 모두의 나이가 비슷하였기에 생각이 같고 행동이 일사불란해서 유쾌한 여행이었다. 늘 밖에서만 만났던 친구 L과 종일 같이 생활하면서 더욱 친근감을 느꼈다. 진정한 친구는 가까이 있을 때 편안함을 맛볼 수 있다. 철학자 아리스토텔레스의 말처럼 '친구란 두 개의 신체에 깃든 하나의 영혼이다'라는 말에 공감이 갔다. 내가 앞으로 얼마나 많은 날들을 헤아릴 수 있겠는가마는 남은 시간이라도 친구와 정을 나누고 싶다. 주변의 모든 사람들에게 따뜻한 눈길을 보내면서 내가 가진 것들을 아끼지 않아야겠다.

오월의 단상(斷想)

　오월의 아침은 수정처럼 투명하다. 베란다 창문으로 보는 경치. 아침 햇살을 듬뿍 받은 양옥집들이 햇빛에 반사되어 반짝인다. 어쩌면 저리 눈부실까?

　오월은 빛난다. 새로운 정부가 들어서고 큰일을 시작하는 달이다. 어퍼컷 세레머니를 멋지게 해서 우울한 세태의 국민들에게 용기와 웃음을 준 분이 대통령으로 당선됐다. 그동안 아빠찬스 엄마찬스가 횡행했지만, 이제는 정직과 상식이 통하는 나라로 변하리라는 희망이 보인다. 새로운 대통령의 취임식을 보면서 국민이 균등한 교육을 받을 수 있는 나라가 될 것이라는 믿음이 생겼다. 젊은이들에게 일자리를 더 많이 만들어 취업의 문을 활짝 열었으면 좋겠다.

　대통령 취임사에 자유라는 단어가 서른다섯 번이나 나왔다. 그 시간 하늘에는 무지개가 떴다. 어느 신문기자는 '자유, 자유, 자유, 무지개'라 표현했다. 새로운 대통령 시대가 열리면서 지금보다 앞으로 더 좋아질 것을 하늘이 무지개로 표현한 것 같다.

내 주위에서 좋은 일만 일어날 것 같다. 조카 미경이는 교사로 40년을 근무하고 올해 2월 정년을 맞았다. 지금도 나를 만나면 "초등학교 1학년 입학식 때 사 주었던 주황색 끈 달린 신발주머니가 생생하게 기억나요. 시계 보는 방법도 이모한테 배웠어요." 하며 늘 고마워하는 지혜로운 조카다. 당사자인 나는 전혀 기억도 나지 않는데.

1968년 신혼시절이라 적은 월급으로 힘들게 살고 있을 때였다. 그때 선물을 했다니 젊은 날 내 모습이 보인다. 어려운 살림에 친정 조카에게까지 무심하지 않고 정성을 보였다는 게 참 다행이지 싶다. 조카가 어린 나이에 느꼈던 고마운 정을 일생 동안 기억하면서 살아왔다니. 철없던 시절에도 이모의 사랑을 느낄 수 있었고 무척 고마웠단다. 그런 긍정적인 마음으로 열심히 살았기에 남편을 출세시켰고 정년퇴직할 수 있도록 내조했다. 딸 둘을 다 교사로 만들어 어엿한 사회인이 되게 했다. 큰 욕심 부리지 않았으니 이만하면 성공한 삶이라 할 수 있다. 복 받을 만하지 않은가. 사소한 일이라도 상대방을 존중하고 후의에 감사하는 마음을 잊지 않는다는 것은 보통 아무나 할 수 있는 일이 아니다.

그 조카가 책 한 권을 택배로 보내왔다. 박완서 에세이『모래알만한 진실이라도』이다. 작가는 이미 고인이 된 분이다. 처음 소설가로 등단해서 소설, 수필 등 많은 작품을 남겼다. 나도 아주 좋아하는 작가라서 그분의 책이 서가에 여러 권 꽂혀 있다.

박완서 님의 에세이집에는 항상 따뜻한 사랑이 녹아있다. 생활

속 모든 것이 소재가 되고 서슴없이 상상하며 경험을 토대로 사물을 표현함에 있어 누구나 공감할 수 있게 한다. 주인공이 올바르고 겸손하여 글 속에는 희망이 있다. 너무나 인간적인 이야기들이어서 글에 매료되어 내가 무척 선호하는 작가다. 고인이 된 분이고 선집이라 예전에 읽었던 작품들이 많았다. 지금 다시 봐도 지루하지 않고 신작인 양 새롭다.

조카는 오월 어버이날을 맞이하여 작년에 돌아가신 엄마가 그리웠다고 했다. 대신 이모에게 책 선물을 하고 싶었단다. 제 이모의 성향을 잘 알고 있어서인지 내게 딱 맞는 선물을 보내왔다. 흐뭇하고 대견하다.

해마다 하는 봄의 성묘를 이제야 다녀왔다. 사월에 해야 하는데 올해는 오월로 미루었다. 확산된 코로나는 우리 집식구도 예외는 아니었다. 우리 가족도 감염되어 앓고 난 자녀가 삼 분의 일이나 된다. 3년여 동안 성묘 때가 되어도 정부에서 묘지 자체를 출입하지 못 하게 했다. 처음에는 무서운 전염병이라 온 세계가 팬데믹을 선포했었는데 이제 삼 년이 지나고 보니 바이러스에 면역이 생겼는지 많이 약해진 것 같고 백신과 치료약도 개발되었다. 정부 차원에서도 제제를 많이 풀었다. 그렇지만 안심할 수만은 없다. 또 다른 변이 바이러스가 나타날 수도 있기 때문이다. 이번 성묘는 의미가 깊다. 어버이날이 있는 오월이기에 따뜻한 정이 두텁게 오간 것 같아 특별하다.

라일락은 오월의 꽃으로 내가 좋아하는 나무다. 보랏빛 포도송

이처럼 주저리주저리 피어나는 모습이 오월을 닮은 듯해서이다. 그 꽃그늘에 들어서면 향기가 물씬 풍긴다. 조금 낯설긴 하지만 흰색도 있다. 보라색으로만 기억하는 꽃인데 흰 라일락을 보니 더욱 풍성한 것 같다. 꽃말은 '젊은 날의 추억'이다. 향기가 좋아 공기 정화 식물로 통한다.

시인 노천명의 말처럼 '오월은 계절의 여왕'이다. 세상 무엇보다 예쁘고 화사한 분위기다. 어느 계절보다 사람의 감정과 생활을 풍성하게 하는 달이다. 하늘만 쳐다보아도 가슴이 울렁거리며 환희가 차오르는 계절. 오월의 태양은 뜨겁지 않아 적당한 온도를 유지하고 맑은 공기가 주위에 충만하다. 그 공기를 호흡하면 건강이 유지될 것 같아 기분이 상쾌하다.

오월은 장미의 계절이다. 짙은 향기, 붉은 꽃잎, 밋밋한 줄기에는 가시가 돋아나 있어 함부로 손댈 수조차 없다. 장미는 어떤 꽃보다 아름답다. 미인이긴 해도 성격이 까칠해서 함부로 접근할 수 없는 여인과 같다. 여러 가지 색으로 피지만 새빨간 꽃이 제일 장미답지 않은가.

담장 너머로 송이송이 피어오르는 넝쿨장미는 오가는 사람들을 유혹한다. '한번 쳐다봐 주세요'라고 속삭이는 것 같다. 그래서 곁을 지나는 사람들은 자연히 유혹에 빠지게 된다. 아파트 주위의 담장 밑에 심은 넝쿨장미가 고개를 들고 향기를 퍼뜨리면 나도 하루를 즐겁게 시작한다. 장미는 온대성 낙엽관목으로 햇빛을 좋아하는 식물이다. 오월에 가장 아름답게 피지만 지금은 많이 개량되어 봄부터 가을까지 꽃을 볼 수 있다.

오월은 춥지도 덥지도 않은 적당한 온도로 몸을 이롭게 해준다. 자연의 온갖 식물이 저마다 지닌 빛깔과 모양으로 아름다움을 선사하는 경이로운 계절이다. 생명이 꿈틀거리는 느낌 속에서 무언가 시작하면 당장 이루어질 것 같은 때. 오월은 행복한 달이요. 진정한 계절의 여왕임을 실감한다. 여학교 시절의 풋풋한 내 젊음처럼.

코로나19

현관문을 두드리는 소리에 열어보았더니 택배 물품이 배달돼 있었다. 누가 무엇을 보냈나? 겉면에 'CJ the market 고객행복센터'라고 쓴 상자가 놓여있었다. 주문자는 손녀사위. 택배상자 속에는 죽 세트와 왕교자 봉지가 들어 있었다.

지난 토요일 손녀가 "할머니 외출하지 마세요."라고 전화를 했던 생각이 났다. 그 이유는 지금 공포의 대상인 감염증 때문이었다. '코로나19'는 급성 바이러스성 호흡기 질환으로 온통 세계를 공포의 도가니로 몰고 있다. 지난 12월 중국 우한에서 처음 발생하여 전 세계로 확산한 호흡기 감염질환이다. 우리나라도 한창 무서운 속도로 확산하고 있다. 초반에 병마의 기세를 막았어야 했는데 시기를 놓친 것 같다. 중국에서 입국하는 여행객도 차단하지 못한 것 또한 후회되는 일이다.

역학 조사로 어느 정도 가닥이 잡히는가 했는데 신천지 교인들의 대규모 집회가 터지면서 걷잡을 수 없게 되었다. 서른한 번째 확진자였던 육십 대의 대구 신천지 교인이 여러 곳을 다니면서 바이러스를 퍼뜨렸다고 했다. 의사가 검사를 하라고 두 번이나 권유했는데도 거절했다는 것이다. 그래서 지금 대구가 제일 확진자가 많은 도시가 되었다. 자연히 경북지역도 많다.

대구, 경북 지역을 다녀온 사람은 일단 보름 이상 집에서 자가 격리하다가 증상이 없으면 괜찮지만, 이상이 있으면 감염 유무 검사를 받아야 한다. 하루에도 몇백 명의 확진자가 생기고 있다. 날이 갈수록 더 늘어난다. 바이러스와의 전쟁이 시작되었다. 전체 확진자 수는 매일 불어나서 네 자리 숫자가 되었다. 불과 일주일 사이에 상상을 초월하는 숫자다. 사망자 수 또한 매일 더하기를 한다. 무서운 속도로 번져가는 모습을 보면서 하루하루 나락으로 떨어지는 기분이다. 이렇게 창궐하고 있는 감염증을 무슨 수로 막을 것인가.

코로나19 예방에는 30초간 손 씻기, 기침은 옷소매로 가리고 하기, 실내에서는 매일 두 번 이상 환기하기, 그리고 최후의 방패인 마스크를 쓰는 일이다. 마스크를 쓴다고 100퍼센트 안전할까? 그렇지만 우리는 지금 어디에도 기댈 곳이 없다. 유일한 방어책인 마스크에게 생명의 끈인 양 매달리게 된다. 잠깐의 외출에도 꼭 마스크를 쓰고 나간다. 그것을 쓰지 않고 나가면 사람들이 외계인을 보듯 흘깃거린다. 죄를 지은 느낌이다. 꼭 필요한 물건인데 품귀현상이어서 그동안 몹시 불편했는데, 3월 둘째 주부터 공적 마스크를 5부제로 약국에서 판매한다. 이제는 누구나 살 수 있다. 주민등록증을 꼭 제시해야 하는 불편함이 있긴 해도 한결 수월하다.

손녀에게 고마운 마음을 전하고자 전화를 했다. 외출하면 안되는 할머니지만 식품을 구하러 나가셔야 한다니까 보냈다는 것이다. 그녀의 정성이 갸륵하다. 시어머니께서도 나를 염려하신단다. 교회는 사람들이 모이는 곳이니 특히 조심하고, 집에만 있으란다. 가장 안전한 곳이 집안이라고. 제 할미를 생각하는 마음이 너무나 따뜻해서 감동적이다.

내가 스스로 건강관리를 잘하고 지내는 줄 알았는데 주위에서의 나를 아끼는 마음들이 합쳐져서 이렇게 평안함을 유지하나보다. 가끔 외롭다는 생각을 했는데 나도 모르는 곳에서 보내주는 사랑이 가슴을 촉촉이 적셔준다. 뜻하지 않은 위기에 처했을 때 효도를 받고 보니 더욱 푸근하고 든든한 느낌이 든다.

경제활동이 올 스톱 된 상태다. 거리마다 한산하다. 가장 먼저 직격탄을 맞은 곳은 상인들이다. 재래시장을 가보아도 마찬가지다. 가게 문을 닫은 곳도 심심찮게 눈에 뜨인다. 식사 시간이면 북적대던 음식점들이 하나같이 한산하다. 숫제 손님이 없다.

병원에 가보아도 환자 하나 없이 텅 비었다. 택시들은 끝이 안보일 정도로 길게 늘어서서 손님을 기다린다. 예정된 모임도 하나같이 무작정 연기를 한다. 학교, 복지관, 체육관 등 사람이 모이는 장소는 무한정 휴업이다. 회사원들도 재택근무자가 늘고 있다. 확진자가 다녀간 곳이면 대형 빌딩도 폐쇄되어 도심의 건물이 동공상태가 된다. 이러다가는 경제공황 상태가 계속될지도 모른다.

마치 전쟁 뒤끝처럼 황량하다. 앞으로는 전쟁터가 따로 없을 것 같다. 적으로 지내는 나라에 세균을 얼마쯤 퍼트리면, 그 나라는 세균과 전쟁을 하느라 제풀에 망하고 말 것이라는 생각이 든다.

의료진은 위험을 무릅쓰고 최전선에서 바이러스와 싸우고 있다. 생업도 포기하고 병마를 물리치고자 애쓰고 있다. 지금 병원에서 코로나19와 전쟁을 하는 모든 의사와 간호사분들에게 수고한다는 진심 어린 위로와 감사의 말을 전하고 싶다. 그들이 있어 대한민국의 희망이 보인다. 그리고 '힘내십시오. 우리의 노력이 통해서 반드시 이 난국을 극복하는 날이 올 것입니다.'라고 응원을 하고 싶다.

국영방송에서는 코로나19 사태를 맞아 국민을 위로하는 마음으로 전화를 하면 성금이 빠져나간다는 방송을 했다. 이렇게 모은 성금은 적십자사를 통해 취약계층을 돕는다는 것이었다. 그리하여 평화 공동체를 만들어나가자고 했다.

고작 전화 한 통을 실천했지만 국가의 위기를 극복해야 한다는 절실함이 생겼다. 이런 전쟁과 같은 삭막함이 언제까지 계속될 것인가. 참으로 암담하지만 승리하는 날은 반드시 올 것이다. 그날 우리 모두 대한민국 만세를 함께 부르자.

코로나 후기

한국식물연구회 주최로 창경궁 관람을 다녀왔다. 봄맞이 꽃구경인 셈이다. 토요일이라 봄 소풍 삼아서 많은 사람들이 모였지만 거리두기하듯 띄엄띄엄 서서 움직이고 있었다. 네 시간 관람하고 오가는 시간 합하여 여섯 시간 걸었으니 피곤하기는 해도 야외공기를 마셔서 기분은 산뜻하니 좋았다.

다음날 일요일 피곤함이 풀려 대면 예배에도 참석하였다.

월요일 아침이 되었는데 몸이 쳐지고 노곤하다. 물먹은 솜처럼 몸이 무겁다. 우선 누워서 푹 쉬면서 상비했던 감기약을 복용했다. 별로 새롭게 나타나는 증상은 없었다. 목이 가장 심하게 불편한데 나는 감기에 걸리면 목부터 아프기 시작하기 때문에 증상으로는 코로나와 감기는 구분이 되지 않았다.

출근한 동생이 오후 여섯 시 경에 직장에서 전화를 했다. 자가 검사 키트를 집에서 할 때는 괜찮았는데 직장에서 해보니 양성으로 나왔다고 연락하면서 나도 검사를 해 봐야 한단다. 같이 살고 있으니 검사는 해야겠는데 시간이 너무 늦은 것 같지만 급한 마음에 병원으로 달려갔다. 역시 늦은 시간이라 검사가 끝났다고 내일 다시 오라고 했다. 아직은 특별한 증상이 없지만 내일 다시 병원에서 검사를 받아야 하겠다. 가까운 동네 병원은 검사를 하지 않는다. 거리가 먼 이비인후과에서만 하는데 결국 코로나 양성 판정을 받았다.

구청에서 카톡으로 감염병 예방과 관리에 관한 법률 시행규칙을 문자로 보내왔다. 즉 격리 통지서다. 검사한 병원에서 코로나 양성 판정을 구청에 보고했나 보다.

심한 편이 아니라서 집에서 격리 치료하라고 5일분 약을 주었다. 먹는 치료제인 팍스로비드가 중증으로 발전할 위험도를 85퍼센트 낮추는 것으로 나타났다. 특히 세계보건기구는 백신 미접종자와 고령층 면역체계에 문제가 있는 환자 등 코로나19가 중증으로 발전할 위험이 있는 확진자에게 이 치료제를 사용할 것을 권했다. 다만 세계보건기구는 입원 위험이 낮은 환자에게는 팍스로비드의 사용을 권하지 않았다. 입원 위험을 낮춰주지만 가격이 비싸 중저소득 국가에서는 사용하는데 제약이 있다는 지적이다. 즉 값이 비싼 약이니 특별히 위중한 환자가 아니면 쓸 필요가 없다는 지적이다. 그런데 나는 그 비싼 약을 5일분 30알 530달러, 한화로 60만 원어치를 무상으로 받았다. 이럴 때 우리나라가 선진국이 된 것 같아서 어깨가 으쓱해진다.

코로나19는 강력한 전염병인데 어디서 어떤 경로로 전염됐는지 깜깜이다. 한집에 동생과 둘이 살고 있는데 내가 옮겼는지 동생이

옮겨왔는지 모르겠다. 어찌 됐던지 이왕 병이 전염됐으니 잘 치료되기를 바랄 뿐이다. 동생과 나는 각각 떨어져서 생활하였다. 증상은 목이 매우 아파서 침을 넘기기 힘들 정도였다. 그리고 몸에 힘이 없어서 온몸이 무기력하게 가라앉았다.

이틀째 되는 날인데 오늘부터 집안에만 있어야 하는 격리 기간이 7일이다. 8일째 되는 날 격리 해제 일이다. 이것은 감염병 관리에 관한 법률이어서 어기면 벌금을 낼 수도 있다. 중요한 문제는 나로 인하여 접촉한 모든 분에게 전염이 된다는 것이다. 법을 꼭 지켜야 함은 물론이다.

2020년 초 그때 세계를 팬더믹 상태로 만들었던 그 시기에는 양성으로 확진되면 코로나 전문 병동에 입원하였다. 병세가 심하지 않은 분들은 지정한 장소에서 생활하고 식사와 모든 생활용품을 제공하는 공동장소에서 날짜를 채우고 나서도 음성으로 판정되어야 격리 해제될 수 있었다.

이 전염병을 피하려고 백신을 세 번 맞고 버텨온 2년 반, 허사로 끝난 것 같아 허탈하다. 그러나 한편으로는 백신을 맞았기에 병세가 심하지 않았던 것이라 생각된다. 백신을 안 맞았다면 병세가 심해서 후회했을 수 있다.

확진 사흘째 되는 날 마포구 재택치료팀에서 자기 검사기와 해열제, 소독약 등이 배달되었다. 병세는 3일째가 목이 제일 많이 아프다. 따뜻한 물과 유자차를 자주 마셨다. 치료약도 꾸준히 복용했다.

하루하루 지나면서 병세는 호전되었다. 출입이 자유로울 때는 못 느꼈는데 격리되고 나니 답답하고 지루했다. 집안 청소를 했더니 다시 몸이 무거웠다. 오늘은 소화가 안 돼서 소화제를 복용했다. 일주일은 푹 쉬어야 차도가 있으려나 보다.

확진 6일째에는 목 아픔이 완화됐다. 일주일 지나야 격리 해제라니 기다리면 될 텐데 괜히 초조해진다. 날자만 차면 검사 없이 자연 해제다. 국민비서의 안내문이다.

1. PCR 검사일로부터 7일차 자정에 별도 통보 없이 자동으로 격리 해제다.
2. 격리 해제 후 3일간은 조심하고 KF94 마스크를 항상 착용하고 다중 이용시설은 삼간다.
3. 모아둔 쓰레기는 소독해서 종량제 봉투에 담아서 한 번 더 소독한 다음 격리해제 후 일반쓰레기로 배출한다.

그동안 격리 상태에 있으니 쓰레기 문제가 제일 난점이었다. 8일째 되는 날 격리해제 후, 쓰레기를 소독해서 종량제 봉투에 담아서 표면을 한 번 더 소독한 다음 일반 쓰레기로 배출했다.

8일째 되는 날이다. 이제 완전 격리해제됐다. 해방된 기분, 몸이 가벼워지고 내 페이스를 찾았다. 그동안 미뤘던 은행 일이며 쇼핑을 하면서 자유가 얼마나 소중한가를 절실히 느꼈다. 고작 일주일 갇혀있었는데 봉오리도 맺은 것을 못 봤던 가로수 밑의 철쭉이 그새 활짝 피어서 아름다움을 뽐내고 있다. 옹기종기 모여 앉은 귀여운 어린이같이 여러 가지 색이 어우러져 도로변을 화려하게 수놓고 있다.

마지막 사무로 자치센터에 가서 '코로나 생활자금'을 신청했다. 내가 겪은 코로나19 증상은 원조가 아니고 변이된 '오미크론'이었다. 알려진 증상은 첫째 열이 많이 난다. 둘째 목이 몹시 아프다고 했는데 나는 다행히 열은 없었다. 목은 심하게 아프고 그것이 삼사일 계속되는 정도였다가 차츰 회복되었다. 그 후유증으로 몸에 힘이 빠져서 무기력했다. 1~2주 정도 쉬면 회복되리라 믿는다.

오미크론은 코로나19 바이러스가 아니고 변이종이기 때문에 좀 약해졌고 백신을 맞으면 면역이 된다. 만약 양성 판정이 나온다 해도 치료약이 있어서 약을 복용하여 회복이 수월하다. 무상으로 검사해 주고 약을 주는 국가가 고맙다.

2020년 그때는 백신과 치료약이 없어서 무서운 전염병이었지만 지금은 그때와는 다르다. 두려워할 것이 없다. 백신과 치료약을 개발했으니 어느 정도는 코로나19를 정복했다고 할 수 있지 않을까.

코로나19 확진자가 되어 겪어보니 우리나라가 선진국임을 깨달았다. 대한민국 국민으로서 자부심이 생겼다. 이 든든함이 영원히 지속되기를 바란다.

역주행(逆走行)

늦은 봄 주말이다. 이제 코로나 위기도 넘겼다. 지금은 '위드코로나'로 전환되었다. 코로나19의 완전 퇴치는 힘들다는 것을 인정한 뒤 오랜 봉쇄에 지친 국민들 일상과 침체에 빠진 경제 회복, 사회적, 거리두기에 따른 막대한 비용과 의료비 부담 등을 줄이기 위해서, 확진자 수의 억제보다는 치명률을 낮추는 새로운 방역체계의 전환에 필요하다는 방안을 시행하게 되었다. 이것이 위드코로나다.

오랜만에 남대문 시장 쇼핑을 하러 들렀다. 코로나가 한창일 때와는 확실히 다르다. 인파가 출렁이었고 상점마다 손님들이 심심치 않게 있었다. 상점 주인에게 물어봐도 경기가 점차 회복되어 가고 있단다. 침체된 경제를 되살리기에는 시간이 필요하겠지만 어찌 됐던 다행이다.

내가 남대문 시장을 방문하는 목적은 내의, 양말 같은 속옷을 사려는 것도 있지만, 그와 더불어 팥죽 생각이 간절할 때 찾는 곳이다. 무명 식당인데 삼익백화점 정문을 마주 보며 오른쪽에 있는

가건물이다. 번듯한 건물의 가게가 아니고 임시 건물이다. 정식으로 된 식탁도 아니고 간이 식탁에 여럿이 같이 앉을 수 있는 긴 의자다. 다섯 칸으로 나뉘어 있다. 한쪽으로는 주방이다. 손님이 다 차야 이십 명이다. 그래서 주문한 음식을 먹고 나면 금방 자리를 비워 주어야 한다.

메뉴는 팥죽과 국수류뿐이었다. 팥죽을 집에서 재래식으로 만들면 번거롭고 힘이 많이 든다. 간단하게 식당에서 그 맛을 볼 수 있으면 편리하다. 여기저기 다녀 보았지만 국산 팥으로 만든 죽을 만나기 쉽지 않다. 이 집 팥죽은 진짜 국산 팥으로 만든 옛날 맛 그대로다. 식당에 써 붙여 놓았는데 생산지가 '부안' 팥이라고 한다. 생산지에서 직접 생산한 팥을 팔기도 한다. 옆길로 조금 지나오면 그곳에 중국산 팥죽을 저렴하게 파는 식당이 있었는데 언제인가 모르게 슬며시 없어졌다. 가성비 좋은 식당이었는데 국산 팥 맛과 비교가 되어서인지 얼마 못 가서 없어졌다.

식탁을 마주하고 네 사람이 앉을 수 있다. 코로나19가 생기기 전에는 여섯 명이 앉을 수 있었으나 지금은 네 명이 정원이다.

식탁을 마주하고 앉으면 모르는 분과도 스스럼없이 이야기를 나누기도 한다. 오랜만에 갔기에 어설프기는 하였지만 아주머니 두 분과 마주 앉았다. 나이도 어지간히 들어 보이는 분들이었다. 자연스럽게 대화를 주고받았다. 한 분은 파주에서 혼자 남대문 시장엘 왔다고 한다. 또 다른 한 분은 의정부에서 새벽 일찍부터 준비해서 왔단다. 파주 분은 칼국수를 시켰다. 의정부 분은 냉국수를 먹고 있었다. 두 분의 주문을 보니 특별히 이 식당 만의 고유한 메뉴가 아니었다. 의아한 생각이 들어서 이곳에 온 이유를 묻지 않을 수 없었다. 서울남대문 시장의 그 옛날 분위기를 맛보고 싶어서 주말 시간을 이용해서 먼 길을 왔다고 했다. 그랬더니 시간이 되어 출출해 식당에 들렀단다. 서울이 고향이란다. 서울서 살던 때가 그리워진단다.

말을 낳으면 제주도로 보내고 사람은 태어나면 서울 가는 것이 모든 이의 희망 사항이다. 고향을 떠나 타지에 가서 살게 되는 것은 반드시 이유가 있다. 첫째는 도시 생활에 싫증을 느껴 전원생활이 꿈이어서 낙향하는 것, 둘째는 서울의 집값이 비싸서 마련할 형편이 안 돼 집 마련을 위한 방편으로 시골로 가는 것, 셋째는 직장이나 수입원을 찾아서 탈서울을 하는 것일 게다. 어떠한 사정으로든 고향을 떠나 타지에 간다는 것은 나이 든 사람들에게는 용기가 필요하다.

서울인 고향이 그리워서 그 옛날 남대문 시장에서의 추억에 젖어보고 싶어서 혼자 훌쩍 떠나왔다는 말을 들을 때 내 가슴은 심한 전율로 출렁이었다. 어렸을 때 떠나온 고향이 주마등처럼 스쳤다. 반세기도 훨씬 넘은 세월이 지났건만 어제인 듯 잊히지 않는다. 태어난 고향이란 늘 가슴 한편에 남아서 건드리면 돋아나는 아픈 상처로 남아 있다. 가고 싶어도 갈 수 없는 곳이기에 아무리 그리워도 가볼 수 없기에 더욱 아련한가 보다

나는 식당에서 만난 두 분의 고향이 그리워서 찾았다는 심정에

깊이 동감한다. 자신을 소개할 때 태어난 곳을 명시하라고 한다. 그토록 태생이란 중요하다. 어찌 내 고향을 잊을 손가….

육칠십 년대에는 시골 처녀 총각들이 서울로 모여들었다. 농촌이 가난해서 살아갈 길이 막막해서 차비 몇 푼 모이면, 서울로 와서 직장을 구하여 다니면서 인생 설계 하던 때가 있었다. 또는 시골 청년이 병역의무로 군에 가게 되면 고향을 떠나 타지에서 근무하게 된다. 그가 제대하면 고향으로는 가지 않았다. 서울에서 무엇이든지 해서 자수성가한 예는 주위에서 흔하게 볼 수 있었다. 그래서 서울의 인구는 날로 팽창해 갔다. 지금 서울 인구는 천만 시대다. 부동산값이 어떤 곳보다 비싸서 타의 추종을 불허한다.

외지 사람들은 토박이보다 더 많은 노력을 한다. 개천에서 용 나듯 성공하고야 만다. 그러니 서울 살던 토박이들은 슬슬 밀리고 쫓겨나기 마련이다. 경기도로 군소 도시로 이사 가게 된다. 비록 쫓기 듯이 밀려나지만 그리운 것은 나의 살던 고향이다. 고향이라고 하면 논밭이 즐비하고 농사짓는 시골이 연상되었었는데 지금은 서울에 살던 토박이들이 여건상 중소 도시로 낙향하는 사례가 심심치 않다. 자동차가 역주행하는 모습이다. 자동차가 역 주행하면 다른 차들과는 달리는 방향이 반대 방향이므로 사고로 이어지지만 살아가는 주거지의 역주행은 긍정적으로 생각하면 낭만적일 수도 있다.

우리는 모두 잠시 왔다가 가는 인생 여정에 그리운 것이 있게 마련이다. 그리워할 수 있는 고향이 있다는 것만으로도 행복하다.

가수 고복수 씨의 〈타향살이〉 가사가 마음에 와닿았다.

　　타향살이 몇 해던가 손꼽아 헤어보니
　　고향 떠난 십여 년에 청춘만 늙어

　　부평 같은 내신세가 혼자도 기막혀서
　　창문 열고 바라보니 하늘은 저쪽

　　고향 앞에 버드나무 올봄도 푸르련만
　　버들피리 꺾어 불던 그때는 옛날

고난과 역경을 이겨내며

- 영화 〈몽골〉을 보고 -

영화 〈몽골〉을 감상하였다. 규모가 장엄하고 줄거리가 감동적이어서 소개하려고 한다.

한 아이가 자라는 과정은 너무나 험난해 보인다. 소년은 아버지가 칸이었다는 사실 하나로 그의 인생 여정을 죄인처럼 위험 속에서 보낸다. 소년의 목과 팔에 십자형의 칼을 씌우고 손을 묶인채 서 있다. 비가 내리고 천둥이 치는 날 파수병이 소홀한 틈을 타 도망하여 낯선 곳에서 자란다. 그의 이름은 테무진.

한사코 뒤쫓던 사람에게 발각되어 다시 잡혀서 끌려간다. 먼저 독살당한 아버지가 칸이었다는 사실 때문에 늘 겪는 고초다. 다시 나무칼을 어깨에 메고 옥에 갇힌다. 노인 한 분이 음식을 날라다 준다. 손을 묶인 채 짐승처럼 입을 대고 먹는 모습이 너무나 처참하다.

어느 날 감시병이 소홀한 틈을 타서 몸을 날려 차고 있던 나무판으로 격파하고 도망친다. 귀인을 만나 무사히 탈출할 수 있었다.

몽골은 어렸을 때 부모끼리 결혼 약속을 하는 풍습이 있다. 어릴 때 맺은 신부 보르테의 집으로 곧장 달려간다. 기다리고 있던 보르테와 함께 새로운 땅을 찾아 떠난다. 테무진을 없애려는 세력들은 계속 뒤를 쫓는다. 아리따운 신부와 같이 말을 타고 도망 다니는 생활이 계속된다.

광대무변한 광야를 신부와 함께 도망치다가 등에 화살을 맞는다. 신부가 말에서 내려 테무진의 말을 뒤돌아서 달리게 한다. 그 사이 신부는 적에게 잡혀서 맨몸으로 끌려간다.

등에 화살이 꽂힌 테무진을 태운 말이 강을 건너고 고향 마을로 무사히 귀환한다. 그는 아내가 적에게 잡혔다는 소식을 듣는다. 고향마을 부족의 족장인 친구에게 부인을 구하고 싶다고 전했지만, 족장은 여자 때문에 전쟁을 일으킬 수 없다면서, 더 강한 여자를 소개하겠다고 했다. 테무진은 족장의 말을 사양하고 부인을 찾겠다는 강한 의지를 보인다.

테무진은 부인을 찾기 위하여 전쟁을 벌인다. 무섭고 험한 전쟁을 치른다. 적의 마을에 홀로 들어가서 그를 막는 군사를 물리치고 부인을 찾아낸 다음 포옹한다. 부인은 "꼭 찾아올 줄 알았어요." 하며 반긴다. 그녀는 누구의 아이인 줄도 모르지만 임신을 해서 불룩한 배를 안고 있었다. 그렇지만 테무진은 기쁨에 겨워 같이 간 친구들과 만찬에 취한다. 적의 아이를 태중에 둔 부인을 전혀 개의치 않고 사랑스런 눈으로 따뜻이 대하는 그가 존경스럽다. 시대를 잘못 타고나 위안부가 되었던 여자들을 환향녀라는 이름으로 천대했던 우리나라와는 사뭇 다른 모습이어서 흐뭇하다.

테무진은 그의 처를 찾기 위한 전쟁에서 승리하여 메라티트족의 족장 영예를 받는다. 한 부족에 두 족장이 있을 수 없다고 부인이 충고를 한다. 그 말을 듣고 부인과 그 부족은 말없이 떠난다. 실세인 족장 자무카는 말없이 떠나는 그를 쫓아와서 시비를 건다. 말이 재산인 그들, 세력을 과시하듯 많은 말을 거느리고 거들먹거린다. 말무리가 눈 덮인 광야를 달리는 모습이 장관이다.

새로운 곳으로 간 테무진은 그곳에서 아이들의 진정한 아빠가 된다. 의형제를 맺었던 자무카와는 원수지간이 돼 버린다.

어느 날 자무카는 테무진에게 전쟁을 선포한다. 테무진은 부인에게 이곳은 위험하니 떠나라고 권한다. 어쩔 수 없이 전쟁을 하게 된다. 전쟁을 피하려고 떠나는 부족 사람들의 표정은 몹시 불안해 보인다. 언뜻, 내 어릴 때 겪었던 6·25전쟁이 설핏 스친다. 전쟁은 비참함 그 자체이다.

떼지어 몰려오는 적군을 노려보는 테무진의 눈이 매섭다. 자무카의 공격하라는 손짓과 함께 칼을 휘두르고 방패로 막는 전쟁 모습들이 적나라하게 펼쳐진다. 시간이 어느 정도 지나니 병사들의 시체가 즐비하다. 테무진은 무참하게 패하였다. 수많은 창이 겨누고 있는 속에서 테무진은 포로가 되었다. 자무카는 테무진에게 애원이라도 해보라고, 살려달라고 빌어보라고 하여도 그는 듣지 않는다.

"난 네 칸이고 넌 내 노예지."라고 할 때 맞는다고 하면 살려

준다 해도 테무진은 끝까지 못 한다고 의지를 굽히지 않는다. 살짝 눈이 내린 광야를 테무진은 줄에 묶여 자신의 병사들과 함께 끌려간다.

일 년 후 퉁구스 지방 어느 마을에 테무진이 쇠줄에 묶여 노예 시장에 앉아 있다. 아직도 그의 눈은 희망을 잃지 않고 또렷하니 정면을 향하고 있다. 너무나 야윈 몸이라 상품가치가 없는 그를 사려는 사람이 나서지 않는다.

장면이 바뀌어 테무진은 쇠창살 안에 갇혀 던져주는 날고기를 먹으며 목숨을 부지하고 있다. 그는 노인 한 분을 만나 간곡히 부탁한다. 헤어질 때 준 증표인 뼈로 만든 팔찌를 주면서 부인에게 꼭 전해달라고 부탁한다. 노인은 전령사가 되어 험난한 광야를 가다가 쓰러지면서 증표를 땅에 떨어뜨린다.

보르테는 아들과 함께 광야에 나왔다가 남편의 증표를 보고 살아 있음을 확인한다. 먼 나라를 떠도는 상인들에게 남편 있는 곳으로 데려가 줄 것을 부탁하여 따라나선다. 그녀는 가까스로 남편을 찾았지만 노예였기에 돈이 필요했다. 가지고 있는 모든 것을 다 합쳐도 모자랐다. 억지로 구걸하다시피 하여 헐값을 주고 남편을 샀다. 미이라처럼 처참한 모습이었지만 부인의 지혜로 목숨을 건졌다. 두 자녀와 함께 네 식구가 만나 안전한 곳에서 지내게 됐다.

세월이 흘렀다. 푸른 초원에 두 자녀와 함께 뛰노는 평화로운 한 가정이 보인다. 그는 고기의 뼈를 발라서 아이들에게 주고 있는 자상한 아버지다. 평화로운 한 가정의 모습이 인상적이다. 아이들은 그동안 보지 못하고 상상으로만 생각했던 아빠는 엄하고 무서울 것이라 생각했던 이야기를 하면서, 평화로운 한 가정의 단란한 모습이 펼쳐진다. 어느 때 갑자기 "당신은 집으로 돌아가시오."라는 말을 남기고 테무진은 떠난다. 평화로운 푸른 초원에서 말을 타고 떠나가는 가장을 세 식구가 하염없이 바라본다. 그는 몽골을 다스릴 자가 되어야겠다는 결심을 한다. 자라나는 자녀, 아이들의 장래를 위하여. 몽골을 통일하여 후세에게 조국을 물려주리라 굳은 결심을 한다. 그것은 자무카와 싸워서 반드시 이겨야 한다는 결단이다.

전쟁이 시작됐다. 정면으로 마주하고 공격하는 것이 아니라 좌우 외곽으로 흩어져서 공격해 들어간다. 전면에 다 나서지 않고 2차 3차 방어선을 만들어 놓고 공격해 들어가는 새로운 전술이다. 전쟁터에서 테무진은 하늘을 우러러본다. 구름 덮인 하늘에서는 곧 소낙비와 함께 천둥 번개가 칠 조짐이다. 아니나 다를까. 천둥 번개가 치며 억센 빗줄기가 퍼붓는다. 몽골인이 천둥을 매우 두려워한다는 것을 이용하여 적의 병사들을 무력화시킨다. 테무진은 자신의 노력과 하늘의 힘을 이용하여 결국 전쟁에서 승리한다.

자신을 구해 준 노인에게는 후한 상금은 물론 말과 땅을 주어 은혜에 보답한다. 포로가 된 자무카는 테무진을 만난 자리에서 "자넨 어째서 두려움을 모르는가."라고 묻는다. 그는 "나에겐 더 이상 물러날 곳이 없으니까."라고 대답한다. 그 모습이 당당하면서도 인상적으로 다가와 가슴이 요동친다. 감동적이다. 테무진은 조국의 통일을 위해 적이 되었던 친구 자무카를 그의 고향으로 돌려보낸다. "나는 친구에게 자유를 준다."는 말을 남기고.

테무진 그는 자라나는 자녀들 즉 이세를 위하여 조국 몽골을 통일시켰다. 아내에게는 "나의 현명한 아내 보르테여! 언제인가 당신에게 꼭 돌아오겠소."

아내와의 약속을 철저히 지킨 멋진 남편 테무진. 위대한 몽골의 칸이여! 지금 시대에도 이런 멋진 영웅 한 사람쯤 기대해도 좋지 않을까.

가을 단상(斷想)

일 년이면 두 번은 꼭 가는 곳. 파릇파릇 새싹 돋는 봄이면 겨울을 이겨낸 기다림과 호기심으로 가고, 가을에는 텅 빈 가슴을 채우러 남편의 유택을 찾는다. 추석을 지나고 나면 가슴앓이가 시작된다. 남편의 기일은 추석을 지낸 열흘 뒤이다. 추석 무렵이면 명치끝이 싸—아 하니 바람이 일면서 아려온다. 그곳에 가는 날을 정해 놓아야 일상생활을 제대로 할 수 있다.

시월 말이 되면 버즘나무의 넓은 잎은 진한 갈색으로 물든다. 의주로의 가로수는 온통 적갈색으로 변해 있다. 오늘따라 갈색이 나를 따뜻하게 반겨 준다.

단풍은 가을 낙엽 직전에 물들지만 초봄 새로 싹트는 어린잎에서도 볼 수 있다. 새로 싹트는 어린잎은 황엽이지만 금방 엽록소가 생겨 신록으로 변하므로 눈에 잘 띄지 않을 뿐이다. 낙엽의 홍엽, 황엽, 갈엽의 차이는 색소를 만들어내기까지 잎에서의 기온, 수분, 자외선 등 외부의 자연조건에서 오는 차이가 복잡하게 얽혀 일어나는 현상이다. 갖가지 단풍색이 있지만 가을의 상징은 무난

한 갈색이 아닐까 한다.

파란 하늘 아래 짙은 갈색 양복을 입은 초로의 남자와 밝은 갈색 원피스 차림의 여인이 데이트하는 장면은 가을에 상상해 볼 수 있는 한 폭의 그림이다. 갈색은 가을옷의 대명사다. 여성의 경우 갈색 정장을 입으면 편안해 보이는 것은 물론 남에게 신뢰감을 줄 수 있어서 영업직 사원에 적합하단다.

갈색은 편안하고 따뜻한 색이다. 자신과 상대방에게 진솔할 수 있고, 절대로 넘치지 않으며 신뢰감, 지지를 뜻하기도 한다. 버즘나무의 잎이 갈색으로 변해서 좋아하게 되었다. 예전에는 붉은색과 노란색으로 물든 잎이 화려해서 좋았는데 어느새 산수(傘壽)에 이르고 보니 갈색 단풍이 마음에 와닿는다.

버즘나무, 나무껍질이 피부에 핀 버즘처럼 얼룩이 있다고 하여 붙인 이름이다. 폭도 넓지만 키가 커서 도로변에 조경수로 적합하다. 오존 흡수 능력이나 아황산가스 흡수력이 뛰어나다. 커다란 잎은 뜨거운 햇볕을 막아주고 시원한 그늘을 드리워 여름 더위를 수월하게 넘길 수 있도록 한다. 우리 동네 가로수는 버즘나무뿐만 아니라 공기정화에 탁월하고 장수를 대표하는 은행나무도 섞여 있다. 그도 색다른 풍경이라 나쁘지 않다.

가을이 되면 노란색으로 절정을 이루는 거리의 풍경은 밝고 경쾌해서 정겹다. 결실의 계절에 은행이 익어 떨어지면 보도가 지저분하고 냄새가 고약한 것이 단점이다. 한때는 은행이 몸에 좋다 하여 근처 사람들이 새벽 일찍 보도에 떨어진 은행을 양동이로 하나씩 주워가는 모습을 흔히 볼 수 있었다. 그때는 길을 가다 떨어진 은행을 보면 그냥 지나치지 못하고 주워서 가방에 넣어 갖고 왔다. 진한 냄새가 밴 가방은 생각지도 않고 횡재라도 한 기분이었다.

지금은 떨어진 은행을 아무도 눈여겨보지 않으니 세대를 거른 듯한 느낌이다. 노랗게 물든 은행잎과 거리에서 풍기는 냄새는 가을이 찾아왔다는 신호이기도 하다. 은행나무는 사람에게 유익한 자원 식물이다. 열매는 지방질, 단백질과 비타민, 칼슘 등이 함유된 좋은 식품이지만 과다 섭취는 해가 된다. 어른 기준으로 하루에 열 알 정도가 적당하다고 알려져 있다. 잎은 심혈관 질환 예방에 도움이 된다.

외출에서 돌아오는 길이었다. 아파트 화단의 감나무에서 감을 따고 있었다. 그동안 꽃과 열매로 오가는 길에 즐거움을 주었었다. 달린 모습도 보기 좋았는데 이제는 과일이 되어 떨어지고 있다. 한 바구니를 담아준다. 실하지는 않지만 비바람을 맞으면서 온갖 고통을 이기고 가지에 붙어서 일생을 마친 과일에게 찬사를 보낸다.

가을은 결실의 계절이다. 나뭇잎은 단풍이 되어 낙엽으로 뒹굴고, 열매는 익어서 제 모습을 완성한다. 만물이 소생하여 자라고 나름대로 결실을 보아 왔던 곳으로 되돌아간다.

파주 동화경모공원을 걷노라면 병정들이 줄을 서듯 반듯하게 엎드려 있는 수많은 봉분들을 만나게 된다. 사람도 태어나면 철들고 늙으면 어느 날 낙엽 뒹굴듯이 '돌아가셨다'는 말과 함께 세상과 하직하여 한 자락 무덤으로 남는다. 나 또한 저렇게 될 것이다. 두렵지 않다. 자연의 섭리는 그 누구도 거역할 수 없기에….

남편과는 유별나게 애틋한 편은 아니지만 금실 좋은 부부로 살았다. 그는 완벽주의자였기에 건강까지도 잘 챙기리라는 믿음이 있었다. 그러나 그는 물들지 않은 단풍이요 고사리 같았는데 내가 채워주지 못했다는 회한(悔恨)에 가슴이 아려온다. 뭔가 아쉬움이 남아서일까. 울긋불긋 단풍 드는 초가을에 낙엽과 함께 떠나셨다.

경의선 숲길을 걷는다. 나무마다 푸른빛은 간 곳 없이 모두 단풍이 들었다. 절정기를 이룬 듯 눈부시다. 가을 햇살 속에 바람이 분다. 온몸이 시리다. 나날이 짙어가는 단풍에 내 마음도 물든다. 흔들리는 단풍잎이 안간힘을 쓰는 마지막 모습 같아서 처연하기만 하다. 단풍 든 가을을 보면서 노년의 인생도 저렇게 화려한 모습이었으면 좋겠다는 생각을 해본다.

2월 여행

　2월은 겨울의 꼬리이면서 봄의 문턱에 해당하는 달이다. 성급한 마음에 봄을 일찍 만나려고 계획했던 속초 여행을 다녀왔다. 코로나19 신규 확진자가 연일 이만 명을 넘어서는 시대라 구정에도 자녀 삼 남매를 한 자리에 불러 모으지 못했다. 한 집씩 따로 세배를 오다 보니 사흘이 걸렸다. 구정, 추석이 하루로 끝나지 않고 연사흘에 걸쳐 치러지는 것은 이제 명절행사로 굳어졌다. 올해는 구정 인사를 받고 가족 여행을 할 수 있어 좋은 기회였다. 연초부터 여행이라니 임인년은 특별한 한 해가 될 것 같았다.

　여행 첫날 아침 여덟 시, 서울에서 출발하면서 엊저녁 눈이 내려서 도로가 미끄럽지 않을까 걱정을 많이 했다. 솜털이 흩날리듯 눈이 내리고 있었는데 도로는 말끔히 치워져 있었다. 터널 속을 연속 지나다 보니 어느덧 강원도라고 했다. 3시간 만에 속초에 도착했다. 케이블카를 탈 목적으로 설악산으로 직행하여 주차장에 들어갔더니 만원이었다. 강풍이 불고 눈발이 휘날리고 있었다. 주차요원이 안내를 하는데 오늘은 케이블카를 이용할 수 없다고 했다. 바람 부는 날은 위험하여 운행하지 않는단다. 겨울 여행은 변화하는 날씨로 계획이 틀어질 수 있음을 알고 실망이 컸다.

드라이브하듯 시내를 돌면서 음식점을 찾았다. '두부마을'이란 간판이 보였다. 강원도의 이름난 곡물은 콩이 아닌가? 두부를 맛보고 싶었다. 가게 옆에는 두부공장이 있어서 기대가 컸다. 순두부는 진짜 시골 맛 그대로였다. 비지찌개는 저으면 속에 고춧가루가 있어서 매웠지만 부드러운 식감이 일품이었다. 본고장에서 메밀전병과 감자전 같은 강원도 토속음식을 고스란히 맛볼 수 있었다.

몇 년 전 남도 여행에서 본 한옥마을이 인상 깊었는데 이곳에도 전통적인 기와집이 많았다. 전주의 한옥마을보다 규모는 작아도 정감이 갔다. 천천히 걷다 보니 '너울'이란 간판이 보였다. 찻집인데 이름이 멋지지 않은가. 그 집은 벽이 통유리로 되어 있어 창 가득히 풍경이 들어와 있었다. 풍경을 그려 붙여 놓았다고 착각할 정도로 실감 나고 아름다웠다. 마당을 거닐 수도 있어 참으로 이색적인 찻집이었다.

속초 바닷가를 산책했다. 끝없이 펼쳐진 너른 모래밭으로 갯바람이 지나고 있었다. 한산한 겨울 바닷가는 너무나 쓸쓸했다. 산책하는 사람도 보이지 않고 모래밭에서는 바다낚시를 즐기는 낚시꾼들이 있을 뿐이었다. 코발트색 바다와 밀려가는 흰 파도를 보니 가슴이 확 틔었다. 역시 여행은 평범한 삶의 활력소인 것 같다.

바닷가 넓은 모래사장에는 곳곳에 흔들의자가 있어서 편리했다. 여행자가 앉아서 쉴 수 있도록 한 마음씨가 고맙다. 흔들의자에 앉으면 짙은 청색 바다가 온통 내 가슴으로 밀려들어 그 감동을 주체할 수 없었다. 귓불을 스치는 바람에도 꽃내음이 스며 있었다.

이제 겨울이 서서히 물러가는 느낌이다. 땅 밑으로부터 봄이 서성이듯 축축한 습기를 느낀다. 남국의 먼바다로부터 너울을 타고 봄이 오는가. 나도 두꺼운 외투를 벗고 봄을 맞이하련다. 바다 저편에서 2월이 기지개를 켜고 있지 않은가.

오후 세 시 콘도에 들어갔다. 근래에 지은 건물인 듯 산뜻하고 온화했다. 현관에서 보면 복도가 길게 이어져 있고 그 끝에 침실이 있었다. 오른쪽에도 조그만 침실이 딸려 있었다. 복도 왼쪽은 주방인데 아일랜드 식탁에 주방용품이 깔끔하게 정돈되어 있었다. 주방 앞쪽으로는 거실이 넓게 펼쳐졌는데 외벽이 통유리 이중창으로 되어 있었다. 5층이라 앞이 탁 틔어 바다가 잡힐 듯 가까이 보였다. 모든 것이 최신식이라 심신이 편안했다. 공기가 깨끗하고 싱그러워서인지 무겁던 머리가 개운해졌다. 기분 좋은 일박을 할 수 있었다.

둘째 날은 조반을 간단히 하고 설악산으로 이동했다. 케이블카 있는 곳은 주차장에서 좀 걸어가야 했다. 입구에서 기다리는데 옛 생각이 났다. 어느덧 삼십 년의 세월이 흘렀다.

그때는 주차장도 없었고 관광객이라고는 계절을 가리지 않고 찾아오는 등산객이 대부분이었다. 입구에 있는 신흥사 절을 구경하는 것이 필수였는데 지금은 그렇지 않았다. 모든 절차를 생략한 느낌이었다. 많은 세월이 흘러서인지 격세지감을 느꼈다.

케이블카는 변함없이 설악산을 지키고 있었다. 입장권을 사서 차례대로 케이블카를 탔다. 그곳에서 내려다본 눈 덮인 절경은 예나 지금이나 감동이었다. 옛날과 똑같은 코스를 다녀 본다는 것은 새로운 감회에 젖어 볼 수 있는 기회였다. 여행의 기분 또한 세월 따라 달랐다. 젊을 때는 사랑이 물같이 절절히 흘러 희망으로 부풀었는데, 이제 노인이 되어 와 보니 마른 가지에 바람이 일 듯 썰렁하니 서글펐다.

귀경길에는 강원도 인제의 맛집 '산마을식당'을 찾아 들었다. 산골이라 교통이 불편 한데도 손님이 꽉 차 있었다. 이곳 황태구이는 별미였고 많은 종류의 부식은 후한 인심과 맛의 표본이었다. 근처에서 황태덕장을 관람했다. 뻣뻣이 마른 황태가 매달려 있는 모습을 보니 노인들의 사연 많은 마른 손이 연상되었다. 황태 또한 저 모양이 될 때까지는 기막힌 사연 하나쯤 간직했으리라.

마지막 코스로 '자작나무 숲' 관람을 계획했는데 못하게 되었다. 입장 시간이 아침 아홉 시부터 오후 두 시인데 우리가 너무 늦게 찾아갔기 때문이었다. 귀경길에 여유를 갖고 즐기면서 구경하려 했는데 몹시 아쉬웠다. 많은 관광객들이 되돌아가고 있었다. 우리도 되돌아 나오면서 실망이 컸다. 그 나무는 줄기의 껍질이 흰색으로 특이하여 호기심이 많은 내가 좋아하는 나무가 아닌가. 자작나무에 관한 글을 써보려고 머릿속으로 구상하고 있었는데.

이번 여행의 백미로 삼으려 했는데 참으로 서운했다. 다음을 기약하면서 귀경을 서둘렀다.

겨울과 봄 사이에서 서성이는 2월. 봄을 맞이하려고 떠난 여행. 신선한 공기를 마시며 사랑하는 내 가족과 함께 한 맛집 순례는 행복한 기억으로 오래도록 남을 것이다.

경의선숲길공원

경의선 숲길을 걷는다. 초가을 태풍 힌남노가 거센 바람과 함께 폭우를 몰고 왔다가 지나갔다. 은행나무 아래 열매가 소복하게 떨어져 있다. 강한 바람에 견디지 못해 익지도 않은 채 낙과가 되어 비에 젖은 모습이 애처롭다.

이곳은 공원이 조성되어 있어서 나무와 꽃과 잔디가 깔려 있다. 철로가 옛날 모습 그대로여서 화물차가 다니던 시절이 생각난다. 경의선 숲길은 4구간으로 나누어져 있다. 우리 동네는 연남동 구간으로 가좌역에서 홍대입구역이다. 홍대입구역 3번 출구로 나오면 바로 연남동 구간의 숲길로 이어진다. 2000년대 들어 용산과 가좌를 연결하는 용산선 구간이 지하화되었고 남은 지상 철길은 도시재생 사업의 하나로 시민들을 위한 쉼터로 탈바꿈했다.

2016년에 조성한 경의선 숲길은 총길이 6.3킬로미터다. 마포구에 속하는 여러 구간 중 연남동 구간은 '연트럴 파크'라 부르며 경의선 숲길 중 가장 젊고 핫한 구간이다. 숲길을 걷는 동안 싱그러운 풀냄새에 맘껏 취할 수 있다. 한쪽으로는 흙길이다. 맨발로 걷는 사람이 더러 보인다. 신발을 신고 걸어도 흙의 부드러운 감촉이 감지되어 피로가 풀리고 상쾌하다. 시멘트 길과는 다르게 몸이 유연해진다. 길 가운데로는 시냇물이 흐르고 있어 청량감이 든다. 물의 부드러움이 마음을 녹인다.

화단에는 갖가지 꽃이 활짝 피어있다. 쑥부쟁이화단에는 빈틈없이 빽빽이 몰려있어 풍성한데 코스모스화단의 꽃잎은 진분홍과 빨강으로 영롱하지만, 드문드문 서 있어서 멀쑥하니 초라하다.

화단마다 줄을 쳐놓고 '화단조심' 이라 써 붙여 놓았다. 가꾸는 손길이 충분하지 못한 느낌이 들지만 사람들이 워낙 많이 다녀 감당하기 힘든가 보다. 사람의 본성은 식물이 자라는 푸른 초원이 그립기 때문이리라. 삭막한 도시 가운데 이런 숲길이 있다니 참 다행한 일이다. 사람들의 발길이 많아서인지 나날이 피폐해지는 느낌이 들어 매우 안타깝다. 산책하는 강아지도 흔하다. 반려견이라니 어쩔 수 없지 않은가?

경의선숲길공원에 있는 나무 중에 대왕참나무가 있다. 가을이면 잎이 반질반질 윤이 나면서 빨갛게 물든다. 너무 곱고 화려해서 단풍이 절정을 이루면 무아지경에 빠질 정도다. 이 나무는 미국참나무라 하는데 북아메리카 원산이다.

이 나무와 비슷한 것으로 유럽참나무가 있다. 우리나라에 처음 들어온 때는 1936년이다. 독일 베를린 올림픽 때 손기정 선수가 마라톤 경기에서 우승하여 부상으로 받은 나무다.

시상대의 가장 높은 자리에 우뚝 선 손기정 선수는 머리에 참나무로 엮은 관을 쓰고 화분을 들고 있었다. 우승의 감격과 기쁨에도 표정은 그리 밝지 못한 이유가 있었다. 그 당시 주권을 빼앗긴 대한민국은 일본의 속국이어서 손 선수는 일장기를 달고 출전해야만 했다. 우승자에게 준 화분으로 가슴의 일장기를 가렸다는 것이다. 화분은 유럽참나무를 심은 것이었고 독일의 통치자인 히틀러가 내리는 부상이었다. 삼등으로 시상대에 함께 오른 남승룡 선수는 그 당시를 이렇게 회고했다.

"일등 한 손기정 선수가 가장 부러웠던 것은 등위보다도 화분으로 일장기를 가릴 수 있었던 것입니다."

그 당시는 마라톤에서 우승한 선수는 바로 귀국하는 것이 아니고 두 달 동안 세계 여러 나라를 돌며 세레머니를 해야 했다. 그것도 비행기가 아니고 배를 타고서. 여기에 손 선수의 깊은 고뇌가 있었다. 너무 가난하여 식물을 키워본 적이 없었으므로 처음 보는 이 나무를 잘 살려서 돌아갈까 하는 우려 때문이었다.

온갖 정성을 다하여 참나무 화분을 가지고 무사히 귀국했다. 그 당시 양정고보에 재학 중이었던 손 선수는 학교에 그 화분의 식물을 기증했다. 학교에서도 처음 보는 이 나무를 어떻게 관리해야 하는지를 몰라서 교사들 간에 의견이 분분했다. 식물원에 맡기자는 의견이 모이려 할 때 생물교사 김교신이라는 분이 맡아 길러보겠다고 자처하고 나섰다. 그래서 옛 양정고보 운동장에 우리나라 최초의 유럽참나무가 자라게 되었다. 이 나무가 품고 있는 사연을 알고 나니, 볼 때마다 암울했던 우리나라의 역사가 상기돼

감회가 새롭다.

그런데 재미있는 것은 이 나무의 특성이다. 붉은색으로 물들었다가 갈색으로 변한 나뭇잎은 가을바람에 대한 예의로 조금만 흩날린 후에는 점점 오그라드는 이파리를 매달고 한겨울을 버티며 보낸다. 바짝 마른 잎사귀들이 겨우내 바스락 소리를 내며 시린 겨울바람을 막아주다가 봄이 오면 비로소 새잎을 위해 자리를 내어준다. 바람에 날리는 단풍잎은 종이로 접은 비행기처럼 보인다. 겨울이면 다른 나무들은 잎을 다 떨어뜨리고 나목으로 서 있는데 유럽참나무만 갈색 잎을 달고 있는 모습이 너무나 특이한 매력이라 그 나무를 보려고 자주 산책을 한다.

나무는 계절 따라 옷을 갈아입으며 그들이 해야 할 임무를 수행한다. 수줍고 애틋한 봄에 새싹을 내고, 지루한 여름 더위를 감수하면서 부지런히 성숙한다. 풍성한 가을을 만들기 위하여 태풍과 맞서고 햇살을 품어 열매로 영글고 비로소 완성된다. 황량한 겨울에도 봄을 맞이하기 위한 작업을 쉬지 않는다.

또 한 해가 지나가고 있다. 겨울을 맞은 인생길에 나는 무엇을 했는가? 경의선 숲길을 걸으며 상념에 젖어본다.